Das Werk ist urheberrechtlich geschützt. Das gilt auch für einzelne Teile. Jede Verwertung, elektronische oder sonstige Vervielfältigung, Übersetzung, Verbreitung und öffentliche Zugänglichmachung ist ohne Zustimmung des Verlages und des Autors unzulässig.

© 2016 Eckhard Duhme
Verlag: tredition GmbH, Hamburg
ISBN: 978-3-7345-6312-6 (Paperback)
978-3-7345-6313-3 (Hardcover)
978-3-7345-6314-0 (e-Book)

Printed in Germany

Eckhard Duhme

Erstens kommt es anders und zweitens als man denkt

oder

Fieber in Stralsund

Vorwort

Dieses Buch war gar nicht geplant. Ich hatte im Jahr 2016 *„Wenn jemand eine Reise tut, so kann er was verzählen"* geschrieben - Erlebnisse bei einer Urlaubsreise nach Sardinien. Damit war mein „Jahresschreibbedarf" schon gedeckt. Anfang September waren meine Frau Angelika und ich bei einem DTB-Turnier im ORGA-Team im Einsatz. Danach wollten wir bei einer „Tour durch Deutschland" viele Städte besuchen. Wir hatten somit also ein „volles Septemberprogramm". Es kam aber ganz anders. Während der Städtereise erkrankte ich, sogar so heftig, dass ich einige Zeit im Krankenhaus verbringen musste. An „so etwas" hatte ich überhaupt nicht gedacht. Ungewollt hatte ich „Zeit zum Schreiben". Nachdem ich über Urlaubserlebnisse, Erlebnisse mit Handwerkern und Erlebnisse beim Tennis geschrieben hatte, bot es sich aus gegebenem Anlass nun an, auch mal etwas über Erlebnisse im Krankenhaus festzuhalten. Selbstverständlich sind die Namen aller Kontaktpersonen dabei „verfremdet".

Und was hat das Blumenfoto vorne auf dem Einband mit dem Text zu tun? Nun, es passt, meine ich, gut zum gewählten Titel. Die Rose ist auf einen sonnigen Frühlingstag eingestellt gewesen, dann hat sich das Wetter plötzlich ganz anders entwickelt - so hat sich die Rose das sicherlich nicht gedacht.

Eckhard Duhme

Neuwied, 21.10.2016

Morgens beim Rasieren spürte ich eine kleine Schwellung neben dem rechten Ohr. „Na, da bekommst Du wohl einen Eiterpickel, der bald sichtbar sein wird", mutmaßte ich. Später wies ich meine Frau auf die „Beule" hin; Angelika bestätigte meine „Pickelvermutung".

Wir waren gerade in der Vorbereitungsphase für eine „Tour durch Deutschland". Von Neuwied aus sollte es nach Erfurt, Weimar, Leipzig, Potsdam, Berlin, Schwerin, Stralsund, Rügen, Lübeck, Ratzeburg, Mölln, Lüneburg, Bremen und Dörpen gehen. Sie kennen die Namen all dieser Städte außer Dörpen? Das ist eine hübsche Kleinstadt (ca. 5000 Ew.) im Emsland, zwischen Meppen und Papenburg gelegen. Dort wohnen mein Bruder und seine Frau. Wir, Angelika und ich, sind bei ihnen immer wieder gerne zu Besuch.

Die geplante Städtereise hatte ich gründlich vorbereitet, Übernachtungen in Hotels gebucht, Reiserouten festgelegt und einen Zeitplan für die Städtebesichtigungen erstellt. Angelika amüsierte sich: „Du weißt doch, das funktioniert nicht zeitgenau." „Als Orientierung und Zeitrahmenplan ist meine Agenda aber sinnvoll", hielt ich dagegen. Freunde und Bekannte, mit denen ich über die Tourplanung sprach, meinten übereinstimmend: „Oh, da habt Ihr Euch aber viel vorgenommen! Ist das ständige Aus- und Einpacken der Koffer oder Taschen nicht zu stressig?"

Drei Tage vor unserer Abreise wurden wir mehrmals angesprochen: „Na, schon alles gepackt?" Damit fingen wir jedoch erst am Nachmittag des Vortages an. Wir hatten beschlossen: „Wir nehmen keinen Koffer mit, sondern mehrere Reisetaschen, auf die wir dann den jeweiligen Tagesbedarf verteilen, so dass nicht immer alles ausgepackt werden muss." Dieser Grundgedanke war gut; die Ausführung gestaltete sich aber schwieriger als gedacht. „Wie, Du hast all Deine Sachen in diese Tasche getan? Die sollen doch aufgeteilt werden. Außerdem müssen von mir auch einige Sachen in die große Tasche, damit sie nicht so zerknittert werden. Du musst einiges von Dir nochmal neu packen", bekam ich zu hören. Ich war mit meinem zügigen Verpacken eigentlich recht zufrieden gewesen. Wir fanden eine Kompromisslösung. Sie ergab sich dadurch, dass ich die „Feinaufteilung" Angelika überließ. Das hatte für mich später dann den Vorteil, dass ich fragen konnte: „Wo ist denn …?"

Unsere Reise war vom 06. bis 17.09.2016 geplant. Erstaunlicherweise lautete die Wetterprognose: „30 Grad, Sonnenschein". „Wir nehmen trotzdem Windjacken und Regenschirme mit", befand Angelika. „Es ist genug Platz im Kofferraum." Na, unser neuer SUV (ohne Allrad) hatte tatsächlich einen recht großen Kofferraum. Das Verstauen der vier gepackten Reisetaschen machte keine Probleme. Auch die „Absprache mit den Nachbarn" (Zeitungen, Post, Mülltonnen) war erfolgt - es konnte losgehen.

Die Fahrt nach Erfurt, Ziel Nr. 1, verlief stau- und stressfrei. Wir lagen bei Ankunft voll in meinem Zeitplan. Das in der City ausgesuchte Parkhaus lag günstig und hatte genug freie Plätze. Das fing doch alles prima an. „Wieviel Besichtigungszeit hast Du hier denn eingeplant?" fragte Angelika. „90 Minuten." „Na, wenn das mal nicht zu eng kalkuliert ist." Als wir das Parkhaus verlassen hatten, stellte Angelika fest: „Du hast Deine Spiegelreflexkamera vergessen." Upps, da hatte ich eine erste kleine Zeitpanne verursacht; der Fotoapparat musste natürlich noch geholt werden. Die Zeit dafür wollte ich dann durch recht zügiges Gehen ausgleichen, bekam aber zu hören: „He, wir wollen bummeln, nicht hetzen!" Die entsprechend korrigierte Schrittweise lohnte sich – es gab in Erfurts City und Altstadt vieles, das „in Ruhe" zu besichtigen und genießen war.

Der 90-Minuten-Rundgang-Plan wurde um etwa sechzig Minuten überschritten. Der Gang über die Krämerbrücke, ein Wahrzeichen der Stadt, der längsten mit Häusern bebauten Brücke in Europa, nahm wegen der vielen kleinen Geschäfte und Touristenshops einige Zeit in Anspruch. Dann wurden „Eis + Cappuccino" genossen. Na, der Dom musste schließlich auch noch besichtigt werden, trotz der vielen Stufen, die dorthin zunächst zu bewältigen waren.

Angelika stellte als Erfurt-Fazit fest: „Es lohnt sich, nochmal hierher zu fahren."

Die Fahrt nach Weimar dauerte 30 Minuten, wie es mir der Tourenplaner vorausberechnet hatte. Mein Zeitplan dort lautete: „90 Minuten Rundgang + 60 Minuten im Café". Neun Jahre zuvor waren wir schon einmal in Weimar, fanden es ganz interessant, besuchten u.a. das Goethe-Haus im Park, hatten gemeint: „Wenn in Weimar in den nächsten Jahren einiges investiert und renoviert wird, kann die Stadt attraktiv für den Tourismus sein." Leider stellten wir fest, dass nicht viel investiert oder renoviert, sondern alles nur neun Jahre älter geworden war. Wir waren von Weimars Innenstadt enttäuscht.

Daran änderte auch der diesmal freie Blick auf das Goethe-Schiller-Denkmal nichts. Vor neun Jahren war es wegen „Renovierungsarbeiten" eingehüllt; die könnte es nun bald wieder gebrauchen. Der Rundgang durch die City von Weimar endete schon nach etwa sechzig Minuten - ha, Zeit aus Erfurt gutgemacht.

Damals, vor neun Jahren, hatte uns ein Café besonders gut gefallen, das wir nun wieder aufsuchten. Dort staunten wir erneut: „Offensichtlich ist inzwischen auch hier nichts mehr renoviert worden." Es wurden nur wenige Kuchen und die zu recht hohen Preisen angeboten. Darauf konnten wir verzichten und so weitere sechzig Minuten Aufenthalt in Weimar einsparen. Ach nein, es wurden nur dreißig Minuten, denn in einem Restaurant, bei dem man „schön in der Sonne draußen sitzen" konnte, gab es doch noch Kuchen zur Stärkung. Und auf dem Weg zurück zum Auto „musste" Angelika einen Edelsteinladen betreten - ein besonders hübscher Stein ist nun in unserem Wohnzimmer zu bewundern. Na also, wir haben doch eine positive Erinnerung an Weimar.

Früher als geplant kamen wir in Leipzig an. Das gebuchte Hotel war erst ein Jahr alt und lag in einer ruhigen Nebenstraße, nur etwa fünf Minuten Fußweg von der Fußgängerzone entfernt. Da ich ja frühzeitig gebucht hatte, bekamen wir einen von sechs Tiefgaragenplätzen. Leider, aus unserer Sicht, bot das Hotel kein Abendessen an: „Das lohnt sich für uns nicht. Viele unserer Gäste wollen eh in Auerbachs Keller speisen. Ansonsten gibt es in der City reichlich sonstige Angebote. Sie werden dort auch etwas nach Ihrem Geschmack finden."

Zunächst bummelten wir durch die Innenstadt. Den guten Eindruck, den wir 2012 schon von ihr gewonnen hatten, fanden wir voll bestätigt. Damals waren wir drei Tage in Leipzig. Wir hatten Parks, Museen, den Zoo und natürlich die Nikolai-Kirche besichtigt. Ich äußerte, als wir nun ihr vorbeigingen: „Wenn man bedenkt, dass von hier die Bewegung *Wir sind das Volk* ausging, die schließlich zur Wiedervereinigung geführt hat und jetzt Pegida-Leute mit dem Ruf *Wir sind das Volk* gegen Flüchtlinge und Ausländer demonstrieren, hat Leipzig sich irgendwie doch nachteilig entwickelt." „Na, in Dresden ist das mit Pegida ja wohl noch schlimmer, zumal es hier in Leipzig auch Gegendemonstrationen gibt. Außerdem sagst Du doch immer, dass es in einer Demokratie nach der gaußschen Verteilungskurve linke und rechte Randgruppen gibt."

2012 hatten wir selbstverständlich auch einen Blick in Auerbachs Keller geworfen, das musste man als Tourist in Leipzig machen. Wir hatten das Restaurant aber als „nicht nach unserem Geschmack" bewertet, weil es zu sehr auf „Massentourismus" ausgerichtet war. Wir hatten uns für ein kleines Restaurant in einer Nebenstraße entschieden, in dem man schön in einem Innenhof sitzen konnte. Nach einigem „Kreuz- und Quergehen" fanden wir dieses Restaurant wieder. Mhm, ja, das Essen war erneut lecker. Wir waren uns einig: „Hier ist es gemütlicher als in Auerbachs Keller."

Stutzig machte mich die Entwicklung meiner Schwellung im Gesicht. Sie wurde, statt eines nach außen kommenden Eiterpickels, spürbar dicker und neben dem linken Ohr begann nun auch eine Schwellung sichtbar zu werden. Die Sorgen darüber nahmen noch zu, als am nächsten Morgen Schwellungen am Hals auftauchten.

Wir fuhren weiter nach Potsdam. Dort hatten wir 2009 mehrere Tage in einem Apart-Hotel übernachtet, uns die Sehenswürdigkeiten der Stadt angesehen, Berlin-Mitte besichtigt und zwei Tage die Leichtathletik-WM besucht. Wir konnten damals Usan Bolt, Robert Harting und insbesondere die Zehnkämpfer bewundern. Ich hatte dieses Mal zwei Übernachtungen in dem Apart-Hotel gebucht. Na ja, es war, wie wir feststellten, auch ein wenig „in die Jahre gekommen". Mehr Probleme hatten wir jedoch damit, dass das Wetter von uns Fitness wie bei Spitzensportlern abverlangte: 35 Grad im Schatten und das im September! Trotz leckeren „Eis-Dopings" waren Rekordleistungen beim Stadtbummel nicht zu schaffen. Unser schweißtreibendes Durchhalten wurde aber durch ein paar „Muntermacher" belohnt:

Lag es an unserem Schwitzen oder an Veränderungen der Geschäfte im „Holländer Viertel", dass uns dann die Mode-, Kunst- und Juwelierangebote dort weniger als vor neun Jahren gefielen?

Am nächsten Tag hatte ich auffällige Flecken im Gesicht und fühlte mich schlapp. Auf dem Tagesprogramm stand: „Berlinbesuch". Wir fuhren zum Bahnhof in Potsdam und von dort mit der S-Bahn bis Berlin-Zoo. Erneut stieg das Thermometer deutlich über 30 Grad. Aber unser City-Rundgang litt nicht nur unter dieser Temperatur, sondern besonders unter Umwegen infolge von sehr zahlreichen Baustellen. Wir stellten fest: „Berlin-Mitte ist eine große Baustelle, kein Wunder also, dass die Stadt so hoch verschuldet ist." Ein besonderes Vorkommnis war dann, dass plötzlich gerufen wurde: „Hallo, Angelika Duhme!" Mitten in Berlin trafen wir eine Tenniskollegin aus einem Neuwieder Verein. Sie begleitete einen Neuwieder Politiker, der zu einer Veranstaltung mit Angela Merkel, der Bundeskanzlerin, nach Berlin gereist war. Als wir gemeinsam über die ungewöhnliche Septembertemperatur stöhnten, meinte er: „Und ich muss die gleich noch in dunklem Anzug mit Schlips und Kragen aushalten." Tja, Politiker haben es auch nicht immer einfach.

Wir verbrachten längere Zeit mit der Besichtigung der „Hackeschen Höfe" - eine sehr gelungene Kombination aus Kommerz, Kultur und Wohnen, wie wir fanden. Um sieben Höfe herum werden Hochhäuser sinnvoll genutzt. In den Erdgeschossen gibt es Geschäfte unterschiedlicher

Art, von „High Society bis Underground", Restaurants, Kneipen und Kinos - toll.

Nach mehr als vier Stunden „rumgehen" bei über 30 Grad konnte man durchaus „geschafft" sein, aber ich wunderte mich doch, wie „kaputt" ich mich fühlte. Im Altberliner Restaurant „Nante Eck" an der Straße *Unter den Linden* schlief ich beim Eis essen mehrmals kurz ein; Angelika stupste mich jeweils an. Wir waren uns dann einig: „Mit mir stimmte etwas nicht."

Am nächsten Morgen, Freitag, fühlte ich mich zwar einigermaßen erholt, aber mein fleckiges Gesicht verhieß nichts Gutes. Wir beschlossen, direkt nach Stralsund zu fahren und mir den Besuch von Schwerin zu ersparen. In Stralsund hatten wir ein „3-Tage-Angebot" gebucht, so dass die Möglichkeit zum Regenieren bestand. Als ich nach 3 ¼ Stunden Fahrzeit beim Hotel aus dem Auto stieg, taten mir die Füße weh. „Hatten die Socken beim Berlin-

Marathon gestern Falten geworfen?" fragte ich mich. Angelika stellte besorgt fest: „Du hast noch mehr Flecken als gestern im Gesicht." „Na ja, irgendwie schlapp fühle ich mich schon, aber nach einem Eis und Cappuccino geht es mir bestimmt wieder besser", blieb ich optimistisch.

Bei der Fahrt in die Innenstadt benötigten wir zunächst einige Zeit, um das gewünschte Parkhaus zu finden. Eine Baustelle und dann mehrere Einbahnstraßen-Regelungen machten uns Ortsunkundigen Probleme. Das Durchhalten bei der Suche wurde aber insofern belohnt, dass wir schon kurz nach Verlassen des Parkhauses ein schönes Eiscafé fanden. Ich bestellte dort das „Tagesangebot": warmer Apfelstrudel mit Vanilleeis und Sauce. Und dann passierte mir das Gleiche wie in Berlin - ich schlief, bevor mir die Leckerei gebracht wurde, ein. Als sie mir dann sogar nicht schmeckte, schrillten bei mir die Alarmglocken. Ein Griff an die Stirn ergab: „Ich habe Fieber!" Auf den geplanten Stadtbummel wurde selbstverständlich verzichtet; es hieß stattdessen: „Ab ins Bett!"

Am Samstagmorgen erschraken wir. Mein Gesicht war mit noch mehr Flecken überzogen, mit etlichen kleinen Eiterpickeln übersät, aufgedunsen. Noch schlimmer aber waren Schmerzen an den Füßen. Sie waren rot entzündet; ich konnte mich nicht oder kaum bewegen. An mehreren anderen Stellen des Körpers, u.a. am rechten Knie und am linken Ellenbogen, waren rote Flecken zu sehen. Die warme Stirn signalisierte: „Fieber!" Ich war damit einverstanden, dass Angelika einen Notfalltransport ins

Krankenhaus orderte. Die Dame an der Hotel-Rezeption übernahm den Notruf.

Nach nur etwa zehn Minuten kamen die Notfallhelfer. Da Angelika bisher noch kein einziges Mal selber mit dem SUV gefahren war, traute sie sich nicht zu, hinter dem Einsatzwagen herzufahren. Sie bestand nachdrücklich darauf, mitgenommen zu werden, obwohl die Sanitäter ihr davon abrieten: „In den nächsten zwei Stunden finden bei Ihrem Mann Untersuchungen statt, da sitzen Sie dann die ganze Zeit nur im Warteraum." „Das ist mir egal, ich komme mit!" Da ich wegen der Fußschmerzen nicht gehen konnte, wurde ich zum Notfallwagen getragen, in einem Sitz, der mit Tragekufen versehen war.

Aufgrund meines Ausschlages im Gesicht wurde bei Ankunft im Hospital spontan vermutet, ich könnte „etwas Ansteckendes" haben. „Ins Isolationszimmer" wurde entschieden. Unverzüglich kam ein Arzt, dem ich meine „Krankengeschichte" schilderte. Er fragte: „Sind Sie in letzter Zeit gestochen worden, insbesondere von einer Zecke?" „Nein, zumindest weiß ich nichts davon." „Waren Sie in diesem Jahr im Ausland?" „Ja, im April auf Sardinien." „Aber nicht in Afrika oder Asien?" „Nein." Dann nahm er mir, na klar, Blut ab und sagte: „Wir warten mal ab, was uns die Laborwerte sagen." Das dauerte, wie von den Sanitätern schon in Aussicht gestellt, etwa zwei Stunden. In der Zeit schlief ich. Der Arzt teilte mir dann mit: „Es ist nichts Ansteckendes, auch keine Borreliose. Sie haben eine heftige Entzündung im Körper, aber das war ja auch schon ohne die Laborwerte klar. Sie müssen intensiv untersucht und behandelt werden. Ich lasse Sie jetzt auf die Innere Station bringen." „Nein!" „Wie nein?" „Ich möchte nicht 800 km von zu Hause im Krankenhaus sein. Geben Sie mir bitte Antibiotika und Schmerzmittel. Ich will zurück nach Neuwied." „Das kann ich zwar verstehen, aber als Arzt nicht zulassen. Eine solch weite Fahrt ist in Ihrem Zustand zu gefährlich für Sie." „Meine Frau kann mich doch fahren." Diese Behauptung war gewagt; denn Angelika kannte den SUV als Fahrerin ja nicht. Der Arzt sagte: „Das hilft Ihnen nicht viel; die Reisezeit ist für Sie das Risiko." „Wieso?" „Weil eine Entzündung durch Ihren Körper wandert und möglicherweise Ihr Herz angreift; damit müssen Sie jetzt rechnen." „Ach, irgendwie schaffe ich das bis nach Neuwied. Dort, das verspreche ich Ihnen, lasse ich mich umgehend untersuchen." „Nein, ich muss Ihnen von der Fahrt abraten." „Bitte geben Sie mir Antibiotika und Schmerzmittel." „Ich kann Ihnen Medikamente nur für heute und morgen geben; am Montag müssten Sie sich die von einem niedergelassenen Arzt verschreiben lassen. So ist das in Deutschland gesetzlich geregelt." „Ich kenne hier in Stralsund aber doch keinen Arzt." „Das ist dann Ihr Problem. Das können Sie ganz einfach vermeiden, indem Sie bei uns im Krankenhaus bleiben." „Nein, ich finde schon irgendwie eine Lösung." „Sie müssen mir aber unterschreiben, dass Sie entgegen ärztlicher Anweisung das Krankenhaus auf eigenes Risiko hin verlassen." „Ja, dessen bin ich mir bewusst." „Sie bleiben also bei Ihrer unvernünftigen Entscheidung?" „Ja!" In dem Moment kamen zwei Krankenschwestern ins Zimmer, um mich im Bett zur Station zu holen. „Er kommt nicht mit, er will hier raus", sagte der Arzt. „Ich denke, er kann sich überhaupt nicht bewegen", staunte eine der Krankenschwestern. Der Arzt zuckte vielsagend mit den Schultern. Ich setzte mich auf die Bettkannte und wiederholte: „Geben Sie mir bitte die gewünschten Antibiotika und Schmerzmittel." Der Arzt holte beides aus einem Schrank. „Hier, für heute und morgen. Falls sich Ihr Zustand aber weiter verschlimmert, kommen Sie unbedingt sofort wieder hierher. Nochmal, Sie verhalten sich jetzt sehr unvernünftig und gehen ein hohes Risiko ein."

Ich stand auf, verspürte heftige Schmerzen in den Füßen und bewegte mich zentimeterweise zum Wartezimmer. Ich vermutete, dass der Arzt hinter mir verständnislos den Kopf schüttelte. Angelika sah mich mit erwartungsvollem Blick an. Ich sagte: „Es ist nichts Ansteckendes. Ich habe eine Entzündung im Körper, dagegen Antibiotika und Schmerzmittel für heute und morgen bekommen. Montag muss ich mir das von einem Arzt in Stralsund verschreiben lassen." „Und das ist alles?" In dem Moment kam der Arzt hinzu: „Ihr Mann gehört hier ins Krankenhaus, ist aber uneinsichtig, will unbedingt nach Hause, obwohl ich dringend davon abgeraten habe." Angelika sah mich fragend an. „Ich schaffe das. Ich möchte Dich hier nicht alleine im Hotelzimmer lassen." „Es geht um Dich, um Deine Gesundheit." „Ich habe mich entschieden", blieb ich stur. „Achten Sie auf Ihren Mann. Wenn sich sein Zustand noch weiter verschlechtert, müssen Sie ihn hierher bringen. Aktuell ist er für eine Fahrt nach Neuwied auf keinen Fall transportfähig." „Du solltest wohl doch besser ein paar Tage hier im Krankenhaus bleiben." „Nein, ich will jetzt hier raus!"

Angelika bat die Dame am Empfang, uns ein Taxi zu bestellen. Kurz danach wurde noch um einen weiteren Taxiruf gebeten. Etwa fünf Minuten später kam ein Großraumtaxi. „Ich habe zwei Bestellungen", sagte der Taxifahrer. „Können wir die zusammen erledigen?" Als ihm die Fahrziele genannt wurden, stellte er fest: „Ja, das passt doch gut." Ich schleppte mich sehr langsam zum Taxi. Zunächst wurde dann eine Frau zu ihrer Adresse gebracht. „9,80 €", forderte der Taxifahrer. Zu uns ergänzte er: „Ich lasse die Uhr weiterlaufen, stelle sie nicht zurück, so sparen Sie die 3,50 € Grundtarif, wenn Sie einverstanden sind." „Klar, wir ziehen nachher von unserer Summe die 9,80 € ab, so machen wir das", antwortete ich – mein Kopf war ja „klar". So ergab sich bei Ankunft am Hotel ein Restbetrag von nur noch 4,30 €. Es war also eine kostengünstige Taxifahrt. Der Betrag wurde von Angelika natürlich auf 5,00 € aufgerundet.

Im Hotel schaffte ich es irgendwie, die Treppe zur 1. Etage hochzukommen. Als ich dann völlig geschafft im Bett lag, zweifelte Angelika meine *Ich will aber nach Hause -* Entscheidung nochmal an. Wir verständigten uns auf einen 3-Stufen-Plan:

1. Wir verlängern den Hotelaufenthalt mindestens bis Dienstag.
2. Montag treiben wir irgendwo einen Arzt auf, der Antibiotika verschreibt.
3. Angelika macht Fahrübungen mit dem SUV, um sich mit dem Wagen anzufreunden.

Punkt 1 war problemlos zu erfüllen. Das Zimmer wurde „bis nächsten Samstag" reserviert, dabei für uns mit der Möglichkeit, „von Tag zu Tag" über den Verbleib oder die Abreise zu entscheiden.

Punkt 2 brachte erfreulicherweise auch kein Problem. An der Hotelrezeption wurden Angelika vier Praxisadressen notiert. Ich rief natürlich zuerst in der nahest gelegenen Praxis an. „Die ist nur etwa tausend Meter vom Hotel entfernt", war Angelika gesagt worden. Ich schilderte der Dame am Telefon meinen Fall und bekam zu meiner Freude zu hören: „Ja, wir sind zwar voll besetzt, aber kommen Sie trotzdem gleich zu uns." Später ergab sich, dass dabei wohl der Hinweis auf „Neuwied" eine Rolle gespielt hatte, denn die Ärztin, die die Praxis leitete, hatte Verwandte in Neuwied.

So erfüllte sich auch schon Punkt 3. Angelika bekam ihre erste Übungseinheit, den SUV zu fahren; ich war dazu nicht in der Lage. Na, sie hatte ja über vierzig Jahre Fahrerfahrung. Dementsprechend wurden Sitz, Innen- und Außenspiegel routiniert eingestellt. Gewöhnungsbedürftig für sie waren dann die Außenmaße des SUV und dessen elektronische Handbremse. Auch das automatische Aus-

und Anschalten des Motors bei Stopps vor Ampeln irritierte Angelika zunächst noch ein wenig, obwohl sie es als Beifahrerin ja kennengelernt hatte. Die tausend Meter bis zur Arztpraxis wurden jedoch locker geschafft. Na ja, etwas angespannt saß Angelika während der Fahrt doch. Die Praxis befand sich in der 1. Etage eines Hochhauses. Es gab, gut für mich, einen Aufzug. Vermutlich sorgte mein "blühendes" Gesicht dafür, dass ich umgehend in ein Arztzimmer gerufen wurde. Die im Wartezimmer sitzenden Patienten sollten wohl nicht befürchten müssen, von mir angesteckt zu werden. Oder spielte wieder die „Verwandtschaft in Neuwied" eine Rolle? Da die Ärztin somit die Strecke nach Neuwied kannte, riet sie intensiv von der Fahrt ab. „Das ist für Ihren angeschlagenen Körper zu anstrengend und damit zu riskant", versuchte sie mich umzustimmen. Als sie merkte, dass ich uneinsichtig blieb, wies sie Angelika nachdrücklich auf das hohe Risiko hin. Aber sie verschrieb mir wunschgemäß Antibiotika und nannte ein Schmerzmittel, das rezeptfrei war. Sie entließ uns mit den Worten des Krankenhausarztes: „Wenn es noch schlimmer wird, fahren Sie sofort ins Krankenhaus!" Ich versprach ihr, mich in Neuwied sofort untersuchen zu lassen.

Angelika entschied: „Ich bringe Dich jetzt zurück ins Hotel, so dass Du Dich hinlegen kannst. Zur Apotheke gehe ich zu Fuß, die ist nicht weit vom Hotel entfernt." Im Laufe des Tages, nach Einnahme der Medizin, geschah dann „ein kleines Wunder": meine Beschwerden ließen sicht- und spürbar nach! Die Flecken im Gesicht wurden weniger, die Schwellungen wurden kleiner und ich konnte halbmeterweise gehen. Am späten Nachmittag fühlte ich mich sogar stark genug, eine halbe Stunde an einem Seeufer spazieren zu gehen. Klar, das ging sehr langsam, nur mit recht kleinen Schritten, aber im Vergleich zum Samstagmorgen war es „fast nicht zu glauben". Bei der Fahrt hin zum See und zurück zum Hotel bekam Angelika außerdem weitere Sicherheit bei der Handhabung des SUV. Und abends schaffte ich es, mit zum Hotelrestaurant zu gehen und „ordentlich" zu essen.

Am Dienstagmorgen spürte ich beim Aufstehen kaum noch Schmerzen an den Füßen. Der Griff an die Stirn ergab: „Kein Fieber mehr!" Die roten Entzündungsstellen am Bein und Arm waren farblich heller geworden. Ich urteilte: „Wir können heute nach Neuwied fahren, ich schaffe das." Aufgrund der ärztlichen Warnhinweise lehnte Angelika das zunächst ab. Nach Diskussion ergab sich folgender Kompromiss: „Wenn Du Dich nach dem Frühstück weiterhin fit genug fühlst, fahren wir heute die halbe Strecke, morgen weiter nach Neuwied. Wir finden unterwegs irgendwo eine Übernachtungsmöglichkeit." Okay, um keine neuen Zweifel aufkommen zu lassen, sagte ich nach dem Frühstück der Dame an der Rezeption: „Wir fahren heute ab, bitte bereiten Sie die Rechnung vor." Zurück im Zimmer stellte Angelika trotzdem die Frage: „Du bist Dir sicher, dass Du das schaffst?" „Ja, wir schaffen das", zeigte ich volle Überzeugung wie Frau

Merkel bei der Flüchtlingsproblematik. Angelika hatte bei mir jedoch ähnliche Bedenken wie Horst Seehofer bei der Bundeskanzlerin. Sie beharrte auf der „Obergrenze" einer halben Fahrstrecke. Wieder vergleichbar zu Frau Merkel ersparte ich mir eine weitere Diskussion, schwieg und fing an, die Taschen zu packen.

Beim Navi gab ich als Ziel „Neuwied" ein. Es wurde eine Fahrzeit von 7:50 Stunden errechnet. Angelika wunderte sich, wieso ich „Neuwied" eingegeben hatte. „So wird die schnellste Strecke ausgerechnet, das ist doch sinnvoll", argumentierte ich. „Aber wir wollen doch in Hannover Pause machen!?" „Ja, ja." Dabei hatte ich zwar nicht die Finger heimlich hinter dem Rücken gekreuzt, aber doch gedacht: „Mal sehen, wie es mir geht."

Nachdem wir alles verpackt und uns nochmal bei den Hoteldamen für deren Hilfe und Verständnis herzlich bedankt hatten, wurde gestartet. Angelika fuhr. Mit der elektronischen Feststellbremse kam sie nun gut zurecht. Auch das automatische „aus/an" des Motors beim Ampelhalt irritierte sie nicht mehr. Ein Problem mit dem SUV hatte sie, aus meiner Sicht, dann aber doch noch. Auf freier Strecke schaltete sie, trotz meines Hinweises, nicht in den sechsten Gang. Tja, der Kleinwagen, den sie sonst fuhr, hatte keinen sechsten Gang. Das veranlasste mich zu dem Entschluss: „Auf der Autobahn fahre ich. Erstens fahre ich etwas schneller als Du und zweitens ist der Spritverbrauch im sechsten Gang niedriger." „Du bist Dir sicher, dass Du fit genug fürs Fahren bist?" „Klar, sechsten

Gang rein, Geschwindigkeitsregler einstellen, lenken, fertig!" Nach etwa einer Stunde Fahrzeit kamen wir zur Autobahn Richtung Hamburg. Fünfzehn Minuten später kam ein Parkplatz. Auf mein Drängen hin vollzogen wir dort den Fahrerwechsel. Allerdings prüfte Angelika zunächst noch per „Hand auf die Stirn legen", ob ich Fieber hätte – hatte ich nicht.

Die Autobahnfahrt verlief dann auch völlig problemlos. Eine kurze Diskussion ergab sich, als ich sagte. „Die Navi-Frau weist den Weg über Bremen." „Wir wollen aber doch in Hannover Pause machen!?" „Über Bremen ist es wohl die schnellere Strecke oder auf der BAB nach Hannover gibt es einen größeren Stau." „Dann machen wir die Pause eben bei Bremen." „Wir schauen mal, wie weit wir kommen, im Moment läuft es doch gut." „Willst Du etwa bis Neuwied durchfahren? Du hast mir versprochen, dass wir nur die halbe Strecke fahren." Ich schwieg. „Aha, die Zusage mit der halben Strecke sollte mich also beruhigen", schmollte Angelika ein wenig. „In Höhe von Bremen halte ich an, wir essen was und sehen dann, wie es mir geht", deutete ich Kompromissbereitschaft an.

Dieses Versprechen, Stopp bei Bremen, hielt ich ein. Zum einen bestand tatsächlich „Essensbedarf", zum anderen war auch eine „Pinkelpause" angebracht. Als „Anti-Stress-Maßnahme" bestellte Angelika sich ein Steak; ich gab mich mit „Curry/Pomm" zufrieden. Zu dem Rasthaus gehörte noch ein kleines „Outlet-Center". Diese Chance auf ein „Schnäppchen" ließ Angelika sich nicht entgehen.

Vorrangig ging es ihr aber wohl darum, die Pausenzeit für mich zu verlängern. Ich ließ sie in aller Ruhe stöbern und stellte dann zufrieden fest, dass sie nichts Passendes gefunden hatte. Oder hatte sie gar nicht ernsthaft gesucht?

Nach einer Tasse Cappuccino hatten wir 1 ½ Stunden Pause gemacht. „Und jetzt?" fragte Angelika. „Das Navi hat vorhin noch 3 ¼ Stunden Fahrzeit ausgewiesen – die schaffe ich." „Ja klar, wie Du es von Anfang an geplant hast!" „Nein, geplant nicht, ehrlich, nur als eventuelle Möglichkeit erwogen, in Abhängigkeit von meinem Zustand. Mir geht aber wirklich erstaunlich gut." „Das glaube ich Dir zwar nicht, aber Du änderst Deine Meinung jetzt ja sowieso nicht mehr." „Na, der Spruch *Ich will, ich kann, ich muss,* stammt doch von Dir." „Nein, von meiner Mutter." „Und Du musstest ihn befolgen." „Dir gegenüber hat sie ihn aber nicht angewendet." „Ich habe ihn mir gerne zu eigengemacht." „Ja, ja, ich weiß. Versprich mir jetzt wenigstens noch, dass Du Bescheid sagst, wenn Du nicht mehr kannst. Den Rest schaffe ich dann." „Ja, fest versprochen!"

Die Fahrt verlief weiterhin problemfrei. Nur im Kölner Ring gab es etwa zehn Minuten „Stopp + Go". Als wir die Autobahn bei der „Ausfahrt Neuwied" in Gierenderhöhe verließen, erhielt ich die Anweisung: „Fahr auf den Parkplatz bei Norma. Dort kaufe ich für heute Abend und morgen früh etwas ein. Und den Rest des Weges nach Hause fahre ich dann." Ganz brav hielt ich mich an diese Order. Beim folgenden Wechsel auf den Beifahrersitz

stellte ich fest: „Puh, jetzt bin ich doch reichlich geschafft." Das sagte ich natürlich nicht Angelika, sondern äußerte: „Na, so bekommst Du jetzt ja eine schöne Strecke, um mit dem Wagen noch vertrauter zu werden."
„Och, ich fühle mich durchaus schon sicher."

Zu Hause angekommen untersagte Angelika mir, Taschen ins Haus zu tragen: „Du setzt Dich aufs Sofa und ruhst Dich aus!" Ich fühlte mich auch tatsächlich so schlapp, dass ich widerspruchslos gehorchte, sogar froh über die Anweisung war. Immerhin strahlte ich meine Frau an: „Geschafft!!" „Morgen lässt Du Dich sofort untersuchen!" bekam ich sogleich die nächste Order. Auch damit war ich einverstanden.

Etwa eine Stunde später klingelte es an der Haustür. Unsere Nachbarin fragte. „Was ist passiert? Ich habe Ihren Wagen gesehen. Sie wollten doch erst nächsten Samstag zurückkommen?" Als sie mich „wie ein Häufchen Elend" auf dem Sofa sitzen sah, war klar, dass mit mir etwas nicht stimmte. Nachdem sie die Leidensgeschichte gehört hatte, sagte sie: „Gehen Sie morgen ins A-Krankenhaus zu Herrn Dr. X.; den kenne ich persönlich, das ist ein richtig guter Arzt. Bestellen Sie ihm liebe Grüße von mir, er soll sich intensiv um Sie kümmern." Da hatte sich der besorgte Besuch der Nachbarin doch schon gelohnt; denn wir selber hatten keine Erfahrung, ob das A- oder B-Krankenhaus in Neuwied für meinen Fall ratsam wäre. Es war also wieder vorteilhaft, dass man eine gute Nachbarschaft pflegte.

Am nächsten Morgen, Mittwoch, ließ Angelika mich zunächst einmal ausschlafen. Dann frühstückten wir in Ruhe. Gegen 10:00 Uhr fuhren wir zur Notfallaufnahme des A-Krankenhauses. Dort gab ich den Notfall-Bericht des Krankenhauses aus Stralsund ab. Auf dessen Basis wurde umgehend beschlossen: „Sie müssen bei uns im Krankenhaus bleiben. Sie kommen auf die Station von Herrn Dr. X." „Aha, zum empfohlenen Arzt", sagte ich mir; damit war ich ja einverstanden. Die untersuchende Notfallärztin staunte: „In dem Zustand sind Sie noch von Stralsund nach Neuwied gefahren? Sehr vernünftig war das nicht!" „Aber ich habe es geschafft!" Mir wurde Blut abgenommen und eine „Nadel mit Anschlussstelle für weitere Nutzung" in den Arm gelegt. Die Ärztin machte das sehr gekonnt, aber der Blick auf die Nadel war für mich doch gewöhnungsbedürftig.

Für einen Krankenhausaufenthalt hatte ich vor vielen Jahren schon eine Zusatzversicherung abgeschlossen, so dass ich im Bedarfsfall als „Privatpatient im Zwei-Bett-Zimmer" unterkommen konnte. Darauf wies ich nun hin, bekam jedoch zu hören: „In der Station von Herrn Dr. X. ist im Moment kein Zwei-Bett-Zimmer frei. Wir können Sie zunächst nur in einem normalen Drei-Bett-Zimmer unterbringen." „Das ist mir jetzt mal erst völlig egal. Ich möchte untersucht werden, um Klarheit zu bekommen, was mit mir los ist." „Das geht klar, Sie werden heute noch gründlich untersucht."

Tatsächlich wurde ich noch am Vormittag geröntgt und nachmittags zu einer „Ultraschall-Herzuntersuchung" gebracht. Zuvor wurde ich von einem Arzt darüber aufgeklärt, dass mir dabei ein fingerdicker Schlauch durch Mund und Speiseröhre bis zum Anfang des Magens geschoben würde. „Die Untersuchung nennt sich *Transösophageale Echokardiographie,* kurz TEE. Bei einem Echoskop ist ein Ultraschallkopf eingebaut. Damit werden Bilder von den Herzkammern und Herzklappen gemacht, ohne dass Rippen oder Lunge dabei stören. Um Erbrechen zu vermeiden, müssen Sie nüchtern sein; Sie bekommen also heute kein Mittagessen. Ihr Rachen wird betäubt und, wenn Sie es wünschen, erhalten Sie insgesamt eine leichte Betäubung. Die Untersuchung dauert etwa zehn Minuten." Nachdem mir noch sämtliche möglichen Nebenwirkungen aufgezählt worden waren, musste ich meine erhaltene „Aufklärung" und mein Einverständnis mit der TEE schriftlich bestätigen.

Als ich im „Ultraschall-Herz-Zimmer" lag, bereitete eine medizinisch technische Assistentin die Untersuchung vor; ich wurde „verkabelt" und musste mich auf die linke Seite legen. „Sie haben in den letzten vier Stunden nichts gegessen, nichts getrunken?" „Vorhin einen Schluck Wasser." „Na, hoffentlich ist der durch, ich mag es nicht, wenn hier erbrochen wird." „Es war nur ein kleiner Schluck." Nach kurzer Wartezeit kam ein Arzt und fragte: „Sie sind über die TEE aufgeklärt worden?" „Ja." „Sie möchten bei der Untersuchung schlafen?" „Ja." „Haben

Sie noch Fragen?" „Ja, wie heißen Sie?" „Ich bin Dr. X."
„Ah ja, Ihnen soll ich schöne Grüße bestellen." „So, von wem denn?" „Von Frau N., meiner Nachbarin." „Danke! Und jetzt: Mund auf!" Dr. X. sprühte irgendetwas in meinen Mund; das war wohl zur Betäubung des Rachens. Dann spritze er etwas in die im Arm vorhandene Nadel – ganz kurze Zeit danach war ich eingeschlafen.

Zurück im Drei-Bett-Zimmer stellte ich fest, dass ich dort zwei neue Zimmergenossen bekommen hatte. Einer schlief, einer sagte: „Ich muss mal erst an die frische Luft." Er bestätigte meine Vermutung, dass er „eine rauchen" wollte. Später, beim Abendessen (2 Schnitten Brot, Wurst, Käse, Tee), kam das Gespräch irgendwie auf das Thema „Flüchtlingspolitik". Der „Raucher" echauffierte sich: „Das haben wir alles unserer Diktatorin, der Merkel, zu verdanken. Die sagt einfach *Wir schaffen das*, ohne das mit irgendjemanden abgestimmt zu haben. Das hat doch mit Demokratie nichts zu tun. Was meinen Sie denn, wie eine Abstimmung des Volkes zu dem Thema ausgefallen wäre?" „Wenn man im Fernsehen Bilder aus Aleppo und anderen syrischen Städten sieht, kann man durchaus verstehen, dass Menschen vor den Kriegsgräueln fliehen." „Aber die müssen doch nicht von Deutschland aufgenommen werden." „Da haben Sie Recht, Frau Merkel möchte ja auch eine quotenmäßige Verteilung in Europa haben. Es ist unschön, dass Ungarn, Polen und andere Staaten sich weigern, Flüchtlinge aufzunehmen." „Tja, da hätte unsere Diktatorin vorher mit denen sprechen müssen." „Aus meiner Sicht gäbe es eine recht sinnvolle Regelung. Wer keine Flüchtlinge aufnimmt, bekommt weniger Geld aus der EU-Kasse." „Das kommt ja zu der Flüchtlingsproblematik noch hinzu; wir zahlen doch am meisten in die EU-Kasse. Hier sind Straßen und Brücken kaputt und in anderen Ländern werden von unserem Geld neue Straßen gebaut." „Uns ist aber nach dem Krieg auch viel geholfen worden. Wir sind sogar der Staat, dem es in Europa am besten geht." „Ach was, den Banken, wenigen Reichen und den Politikern geht es gut, die Zahl der Armen und derjenigen, die sich Essen bei der Tafel holen müssen, steigt. Ich kenne Armut, ich bin in Brasilien aufgewachsen." „Sie sehen aber nicht wie ein Brasilianer aus." „Nein, mein Vater war Nazi, er wollte in einem Lager in Paraguay unterkommen, aber das war schon überbelegt. Da ist er nach Brasilien weitergezogen. Dort herrschte Chaos und es kümmerte sich niemand um Einwanderer." „Dann ist Ihr Vater damals aber doch auch ein Flüchtling gewesen und aufgenommen worden." „Nein, der ist nicht aufgenommen worden, um den hat sich keiner gekümmert. Er hat keine finanzielle Unterstützung bekommen, sondern sich irgendwie durchgeschlagen." „Irgendwann ist Ihre Familie dann aber offensichtlich nach Deutschland zurückgekehrt und profitiert hier von den sozialen Errungenschaften, Sie jetzt zum Beispiel vom funktionierenden Gesundheitswesen." „Ich habe jahrelang meine Krankenkassenbeiträge bezahlt und könnte, wie Sie vermutlich auch, gerne auf einen Krankenhausaufenthalt verzichten. Wissen Sie was, ich gehe mal erst nochmal an die frische Luft."

Am nächsten Morgen, Donnerstag, wurde um 06:24 Uhr „geweckt", Blutdruck und Pulsschlag gemessen. Meine Werte lauteten: „120 / 80 / 67." Dann wurde mir mitgeteilt: „Sie bekommen kein Frühstück, Sie sollen nachher zu einer Ultraschallaufnahme des Bauches." Kurz vor 08:00 Uhr kam ein Arzt und nahm mir 6 Ampullen Blut ab. Ich wunderte mich ein wenig, wie tapfer ich das überstand.

Gegen 09:00 Uhr erhielt ich zwei Informationen: „Sie werden jetzt auf ein Zwei-Bett-Zimmer verlegt. Dort können Sie dann auch frühstücken, Ihr Ultraschall entfällt heute." Als zwei Krankenschwestern kamen, um mich im Bett zu transportieren, sagte ich: „Moment, ich kann doch gehen und beim Transport des Bettes helfen." „Schön, dann schieben Sie mal." Es ging vom Ende eines Flures zum Ende eines anderen Flures. Als wir ins Zimmer kamen, wurde dort gerade ein anderes Bett fertig gemacht und ein älterer Herr räumte seine Sachen in einen Schrank.

Die Krankenschwester stellte vor: „Das ist Herr M., er kommt gerade neu zu uns; das ist Herr Duhme, er ist seit gestern bei uns auf der Station." Herr M. und ich begrüßten uns per Handschlag. Er machte auf mich einen ersten netten Eindruck. Herr M. wunderte sich dann, dass ich Frühstück bekam. Nach Klärung des Sachverhaltes meinte er: „Ich dachte schon, es gäbe eine Ungleichbehandlung." Die Krankenschwester äußerte: „Herr M., Sie haben doch sicherlich noch schön zu Hause gefrühstückt." „Ja, das stimmt, aber ich hätte auch nichts gegen ein zweites Frühstück." „Sie verhungern bei uns nicht, bald schon gibt es Mittagessen. Hier ist eine Liste mit verschiedenen Essensangeboten, bitte wählen Sie etwas davon aus." Ich staunte: Im Zwei-Bett-Zimmer gab es eine „Menü-Karte" wie in einem Restaurant.

Die Unterbringung als Privatpatient hatte weitere Vorteile: Der Zimmerkollege und ich hatten ein „eigenes" Bad; für die Drei-Bett-Zimmer gab es eine Gemeinschaftsdusche „auf dem Flur". Im Zimmer waren eine „Sitzecke" mit drei Sesseln und eine „Essecke" mit Tisch und zwei Stühlen. Es gab einen großen Flachbildschirm, Fernsehen war für Privatpatienten „im Preis inbegriffen". Wir bekamen jeden Morgen die Rhein-Zeitung gebracht. Und Herr M. erwies sich als sehr angenehmer Gesprächspartner.

Gegen 12:30 Uhr, wir hatten gerade das Mittagessen beendet, kam Herr Dr. X. zur „Chefvisite", in Begleitung eines Assistenzarztes. Herr Dr. X. teilte mir mit: „Bei Ihnen haben wir einen eindeutigen Befund. Sie haben eine Herzklappe entzündet, einen Belag mit Streptokokken. Vom Herz aus ist die Entzündung im Körper verteilt worden. Da Ihr Körper aber schon sofort positiv auf die eingenommenen Antibiotika reagiert hat, ist zu vermuten, dass es sich um eine eher harmlose Entzündung handelt. Wir werden jetzt versuchen, mit Blutkulturen die Ursache zu finden. Ab morgen erhalten Sie vierzehn Tage dreimal täglich Antibiotika intravenös." „Vierzehn Tage!?" „Ja, mit Erkrankung der Herzklappe ist nicht zu spaßen." Ich war geschockt, zum einen über die Diagnose, beinahe noch mehr über die Behandlungsdauer. Mir ging es, im Vergleich zum Samstag in Stralsund, doch schon deutlich besser. Die Entzündungen im Gesicht, an den Füßen, an Beinen und Armen waren weitgehend beseitigt. Ich konnte mich völlig schmerzfrei bewegen, hatte das Krankenbett über zwei Flure mitgeschoben. „Sie müssen nun Geduld haben", sagte Herr Dr. X., der meine „Schockstarre" bemerkte. „Kann ich denn mit meiner Frau draußen spazieren gehen?" „Ja, bewegen Sie sich, dann benötigen Sie keine Spritzen gegen Thrombose. Sie sind hier nicht im Gefängnis."

Ich rief Angelika an und „machte sie schlau". Dazu gehörte auch, dass ich ihr den kürzesten Krankenhausweg zum neuen Zimmer schilderte. Wir verabredeten uns für 15:00 Uhr. Zuvor musste ich aber noch leiden. Der Assistenzarzt kam und nahm mir Blut für sechs kleine Glasflaschen ab. Zunächst wies ich darauf hin, dass mit meinem Blut am Morgen im anderen Zimmer von einem Arzt schon sechs Ampullen gefüllt worden waren. „Ja, das war für Laboruntersuchungen, jetzt geht es um die Anlage von Kulturen, um die Ursache für Ihre Herzerkrankung herauszufinden." „Kann das Blut denn nicht über die Nadel entnommen werden, die ich hier schon im Arm habe?" „Nein, da Sie die ja schon länger tragen, könnte, auch wenn es unwahrscheinlich ist, sich außen irgendeine kleine Unreinheit gebildet haben. Ich muss auf direktem Wege an Ihr Blut kommen." Na, das musste dann ja wohl so sein; ich überstand erneut das Pieken der Spritze. Das erfolgte dieses Mal am linken Handgelenk.

Gegen 14:15 Uhr gab es „Kaffee und Kuchen". Herr M. nahm in den Kaffee keinen Zucker, so dass ich seine Ration mitnutzen konnte. Herr M. stöhnte: „12:00 Uhr Mittagessen, 14:15 Uhr Kuchen, die wollen wohl, dass ich hier zunehme." Er wohnte in B. und war wegen plötzlicher Herz-Rhythmus-Störungen ins Krankenhaus gekommen. Er erzählte: „Ich habe immer viel zu viel gearbeitet, war fünfunddreißig Jahre bei der Bundeswehr, hatte es bis zum Oberstleutnant geschafft, nachdem ich in Abendkursen das Abi nachgemacht hatte. In all den Jahren habe ich aber immer auch noch nebenbei gearbeitet. In Hamburg zum Beispiel war ich abends oder am Wochenende einige Zeit Schauermann. Wissen Sie, was das ist?" „Gehört habe ich den Begriff schon mal, aber im Moment weiß ich nicht genau, was er bedeutet." „Hafenarbeiter, der Schiffe be- und entlädt, das war harte Knochenarbeit. Auch dabei habe ich mich hochgedient. Schließlich habe ich andere Soldaten zu solchen Arbeiten vermittelt. Im Hafen wussten die gar nichts von meiner Tätigkeit bei der Bundeswehr. Als ich mal mehrere Wochen zu einem Lehrgang abkommandiert wurde und mitteilte, ich könnte in der Zeit keine Leute vermitteln, wurde ich gefragt, ob ich eine Haftstrafe absitzen müsste." Er erzählte mir, dass er die Möglichkeit, sich mit 54 Jahren pensionieren zu lassen, genutzt und dann für eine bekannte Versicherung gearbeitet hatte. „Da hatte ich, weil ich Umsatz machen wollte, sieben Tage mit zwölf, manchmal mit mehr Stunden geschuftet. Man hatte mir mehrmals gesagt, ich sollte Leute einstellen, aber ich wollte das Geld alleine verdienen. Ich hatte das Glück, dass meine Frau das alles mitmachte. Es ging uns finanziell gut, wir konnten uns einiges leisten. Dann ging mein Schwiegersohn mit einer Firma pleite und meine Tochter hatte für alles gebürgt. Tja, da haben wir viel Geld verloren, aber unsere Tochter ist schuldenfrei. Ich vermute allerdings, dass die ganzen Aufregungen meinem Herzen nicht gut getan haben." „Wie alt sind Sie denn jetzt?" „74 und ich möchte 103 Jahre alt werden." „Na, ob das erstrebenswert ist, weiß ich nicht." „Natürlich nur, wenn ich gesund bleibe, ohne diese Herzprobleme. Ich hoffe, die kriegen mich hier richtig eingestellt, ich möchte keinen Herzschrittmacher haben. Ich will doch noch viermal täglich mit unserem Hund rausgehen. Der weiß im Moment gar nicht, was los ist. Und ich vermisse ihn fast so sehr wie meine Frau." Herr M. schwärmte mir dann einiges von seinem Hund vor, den er vor sieben Jahren von einem Ehepaar übernommen hatte, die ihn wegen einer Schwangerschaft der Frau abgeben wollten. „Der war damals drei Jahre alt und nur auf die Frau bezogen. Mich hat er anfangs ständig angeknurrt. Na, inzwischen sind wir ein Herz und eine Seele. Was er jetzt wohl ohne mich macht?" „Ihre Frau wird sicherlich mit ihm raus gehen." „Ja klar, aber das ist für ihn vermutlich nicht dasselbe. Hoffentlich komme ich schnell wieder nach Hause, damit ich mich um ihn kümmern kann." „Was ist er denn, ein Schäferhund?"

„Nein, er ist etwas ganz Besonderes, den Namen der Rasse haben Sie wahrscheinlich noch nie gehört. Es ist ein Kooikerhondje, das ist eine niederländische Rasse, in Deutschland kaum vertreten." Herr M. hatte auf seinem Smartphone ein paar Bilder von dem Hund, die er mir stolz zeigte.

Kurz vor 15:00 Uhr kam Angelika. Sie brachte ein Fernsehprogrammheft, ein Rätselheft und ein Buch mit „Anekdoten zum Schmunzeln" mit. Zeit genug zum Lesen hatte Dr. X. mir ja verordnet. Dem von ihm angekündigten Daueraufenthalt entsprechend erhielt ich noch weitere Unterwäsche und einen Schlafanzug „zum Wechseln". Nachdem die Sachen im Schrank verstaut waren, zog ich mich für den geplanten Spaziergang an, eine dünne Hose und Sandalen – es war draußen, am 15.09.2016, etwa 30 Grad warm! Allerdings zog ich ein langärmeliges Hemd an. Zum einen wollte ich die im Arm steckende Nadel schützen, zum anderen sollte sie beim Spaziergang nicht zu sehen sein, um andere mit dem Anblick nicht zu irritieren. Ich fragte meine Frau: „Hast Du zu Hause schon Kaffee getrunken?" „Zum Frühstück ja, jetzt noch nicht." „Dann gehen wir zum Eiscafé und Du bekommst dort einen Cappuccino." „Und was ist mit Eis?" „Na, bei dem Wetter selbstverständlich auch."

Obwohl wir recht langsam durch die Fußgängerzone gebummelt waren und auch noch im Eiscafé gesessen hatten, fühlte ich mich nach Rückkehr ins Krankenhaus in etwa so schlapp wie nach 2 ½ Stunden Tennis. Puh, die

Erkrankung hatte meinem Körper doch reichlich Kraft genommen. Ich bekam ein wenig Verständnis dafür, dass ich vierzehn Tage behandelt werden sollte. Am Abend führte eine erneute Blutentnahme, wieder für Kulturen in sechs kleinen Glasflaschen, zu einer weiteren mentalen Schwächung. Mein Zimmerkollege, Herr M., fühlte mit mir: „Bald hat der arme Kerl ja gar kein Blut mehr." Der Arzt erwiderte: „Keine Sorge, zwar haben wir ihm heute insgesamt etwa einen Liter Blut entnommen, aber das bildet sich zügig neu." Anschließend erhielt ich noch vier „Kautabletten": „Zwei nehmen Sie heute Abend, zwei morgen früh. Die sorgen dafür, Luft aus Ihrem Magen und Darm zu befördern, damit die Ultraschallaufnahme, die morgen früh vorgesehen ist, ein klares Bild ergibt. Sie müssen für die Untersuchung natürlich auch wieder nüchtern bleiben, also aufs Frühstück verzichten." Ich entschuldigte mich vorab schon mal bei Herrn M., dass ich in der Nacht wohl reichlich „Luft ablassen" würde. „Na, wenn ich schlafe, bekomme ich das ja wohl hoffentlich nicht mit. Und bei den derzeitigen Außentemperaturen können wir diese Nacht ein Fenster geöffnet lassen, um einen Luftausgleich zu bewirken."

Schon gegen 08:30 Uhr wurde ich am Freitag aufgefordert, zur „Ultraschallaufnahme Bauchbereich" zu gehen. Meine „Krankenakte" wurde mir mit auf den Weg gegeben. Da noch eine Patientin vor mir an der Reihe war, hatte ich Zeit, in der Akte zu blättern. Interessant für mich waren dabei u.a. die Laborwerte. Vielleicht kennen Sie solch eine Tabelle, in der links die Normal-, rechts die persönlichen Blutwerte stehen. Die meisten meiner Werte lagen, stellte ich fest, im Normbereich. Abweichungen noch oben oder unten wurden bei einigen zwar angezeigt, waren jedoch geringfügig, also wohl unbedenklich. Ein Wert allerdings schockte mich: Normwert < 440, mein Wert 2877! Ich nahm mir vor, den Wert beim Stationsarzt zu hinterfragen. In der Akte waren auch die Ultraschall-Herzaufnahmen. Selbst als Laie konnte ich erkennen, dass ein deutlicher Flecken auf einer Herzklappe zu sehen war. Im Bericht über die Röntgenaufnahme stand der Hinweis auf einen „Schatten im Herzbereich". Da hatte man sich in Stralsund zu Recht Sorgen über meine „Fahrtauglichkeit" gemacht.

Die Ultraschallaufnahme „Bauch" ergab erfreulicherweise keine neuen Befunde. Gegen 09:00 Uhr bekam ich noch mein Frühstück. Dann erhielt ich „eine schlechte und eine gute Nachricht". Die Schlechte bestand darin, dass man mir nochmal Blut für Kulturen abnehmen wollte. Die Oberfläche meines linken Handgelenkes, das jeweils für diese Blutabnahmen benutzt wurde, war schon total blau durch Bluterguss verfärbt. Nach meinem Hinweis darauf hatte der Arzt ein Einsehen: „Okay, ich nehme nur noch zwei Paare." Die gute Nachricht hatte er dann, als ich ihn auf den Labor-Blutwert 2877 ansprach. „Ach, das ist nur die Bestätigung, dass in Ihrem Körper eine Entzündung ist. Andere Patienten kommen dabei durchaus auf Werte über 10000. Ihr Wert ist noch relativ niedrig, macht uns

Hoffnung, dass es keine schwerwiegende Entzündung ist." Das wurde irgendwie dann mittags bei der Chefvisite auch von Dr. X. bestätigt: „Wir fangen heute bei Ihnen mit der intravenösen Behandlung an. Ich bin mir ziemlich sicher, wie es bisher aussieht, dass Sie gesund werden." „Und wie lange muss ich mich anschließend schonen?" „Wenn die Entzündung weg ist, gar nicht. Ihr Körper wird Ihnen dann schon melden, wie weit Sie sich belasten können."

Na, das machte doch Mut! Ich hatte befürchtet, sechs oder acht Wochen kein Tennis spielen zu dürfen. Als ich am Nachmittag Angelika während unseres Stadtbummels entsprechend informierte, bremste sie meine Euphorie: „Werde erstmal gesund, danach erholst Du Dich, Deine Tenniskameraden können einige Zeit auch ohne Dich spielen." „Ach, da sagst Du was, ich muss den Hallenplan nochmal überarbeiten. Der ist im PC unter *Halle neu* gespeichert. Bitte drucke ihn aus und bringe ihn morgen mit ins Krankenhaus; ich habe hier ja Zeit genug zur Korrektur. Dafür benötige ich auch noch Bleistift und Radiergummi. Ruf außerdem bei Jochen und Peter an, ob sie Termine haben, an denen sie nicht spielen können. Von Kurt, Uli und Wilhelm kenne ich solche Termine schon. Ich kann jetzt ja auch berücksichtigen, dass ich Anfang Oktober ausfalle."

Ich bekam dreimal täglich Penicillin-Flaschen an den Bett-Galgen gehängt und ein Schlauch wurde mit der im Arm befindlichen Nadel verbunden. Der Tropfenfluß dauerte etwa 12 bis 17 Minuten, in Abhängigkeit davon, wie er von den verschiedenen Krankenschwestern eingestellt wurde. Am ersten Tag war ich etwas irritiert. Dr. X. hatte gesagt: „Sie werden alle fünf Stunden an den Tropf angeschlossen. Das geschah nach seiner Visite das erste Mal gegen 14:30 Uhr. Als ich dann um 20:00 Uhr noch nicht angeschlossen worden war, ging ich zum Zimmer der Stationsschwestern und fragte, ob man mich vergessen hätte. Etwas pikiert antwortete eine Krankenschwester: „Wir vergessen Sie nicht, die abendliche Tropfversorgung macht immer die Nachtschwester. Haben Sie ein wenig Geduld." „Herr Dr. X. hat mir gesagt, ich bekäme das Antibiotikum alle fünf Stunden." „Ja, das ist eine grobe Zeiteinteilung. So genau hält das nicht. Wir machen es, wenn es arbeitsmäßig passt. Wir haben ja nicht nur Sie zu betreuen." So hatte ich nun „wissenschaftliche Aussage Arzt gegen praktische Aussage Krankenschwester". An den nächsten Tagen ergaben sich dann in etwa folgende „Tropfzeiten": 09:00 Uhr (nach dem Frühstück), 15:00 Uhr (nach Kaffee und Kuchen), 21:00 Uhr (durch die Nachtschwester). Aus dem angekündigten Fünf- war also ein Sechsstundenrhythmus geworden. Ich kam damit gut zurecht.

Wegen der „15-Uhr-Tropfzeit" verabredete ich mich mit Angelika jeweils um 15:30 Uhr. Von Tag zu Tag weiteten wir unsere Spaziergänge etwas aus. Ich war danach auch nicht mehr so schlapp wie nach dem ersten Spaziergang. Angelika hatte mir die erbetene Hallenplanliste und Abwesenheitstermine von Spielkameraden mitgebracht.

Zu sechst teilten wir uns von Oktober bis April einmal wöchentlich zwei Hallenstunden Herren-Doppel. Es hatte sich gezeigt, dass man sechs Teilnehmer benötigte, um vier zum Doppel auf dem Platz zu haben. Neben feststehenden Abwesenheiten ergaben sich immer noch ungeplante Fehltermine, die dann Ersatz erforderten. Ich tüftelte so lange an dem Plan, bis alle sechs Teilnehmer dieselbe Anzahl Spieltermine hatten. Verschiebungen durch kurzfristige Änderungen mussten untereinander später abgesprochen werden. Bei meiner Planerstellung achtete ich auch noch darauf, dass nicht immer dieselben Doppel spielten, sondern Abwechslung gewährleistet war. Seit einigen Jahren freuten sich die Kameraden, dass ich mir diese Mühe machte. Na ja, zu Hause am PC war es einfacher als im Krankenhaus auf einem Schreibblock, aber Zeit genug zur Ausarbeitung hatte ich ja. Als ich wieder zu Hause war, übertrug ich die Daten am PC in eine Excel-Tabelle und verteilte die Liste per E-Mail an die Kameraden.

Am späten Sonntagnachmittag erhielt ich noch einen anderen Bezug zum Tennis: Besuch eines befreundeten Ehepaares. Eine Tennispartnerin meiner Frau hatte an dem Wochenende an einem Turnier teilgenommen und etwas überraschend in ihrer Altersklasse gewonnen. Nachdem Angelika ihr von meinem Krankenhausaufenthalt erzählt hatte, beschloss sie: „Auf der Rückfahrt am Sonntag besuchen wir Eckhard." Ihr Mann hatte dann für mich eine Sonderausgabe der Zeitschrift „Kicker" besorgt, in der

„alles über alle Fußball-Bundesligamannschaften" stand. Ich wurde also nicht nur über den sehr erfolgreichen Turnierverlauf informiert, sondern erhielt auch noch weiteren Lesestoff.

Wir unterhielten uns im „Gästezimmer", das es auf der Station im Bereich der „Privatpatienten" gab. Es war wie ein kleines Wohnzimmer eingerichtet, mit bequemen Sesseln, einem Couchtisch, auf dem eine Schale mit Obst stand. Es gab dort einen Kaffeeautomaten und eine Box mit verschiedenen Teesorten. Tassen standen in einem Schrank. In einem Kühlschrank wurden Milchpads und kleine Wasserflaschen frisch gehalten. Man konnte sich und seine Gäste kostenlos bedienen. Die lehnten mein entsprechendes Angebot aber ab: „Danke, wir haben beim Turnier genug getrunken."

Ich schilderte meine „Leidensgeschichte" detaillierter als Angelika das gemacht hatte. Erneut bekam ich zu hören: „Dann war die Fahrt von Stralsund nach Neuwied aber wirklich riskant." „Ich wusste doch nicht, dass ich eine Herzerkrankung hatte. Vielleicht hätte ich mich dann anders entschieden, bin jedoch froh, dass es so gelaufen ist. Hier werde ich, wie Ihr seht, gut versorgt. Angelika ist in den heimischen vier Wänden, sie kann mich täglich besuchen. Und Ihr hättet mich in Stralsund nicht besucht." Auf meine Frage hin erfuhr ich, wer am Mittwoch mit wem Tennis gespielt hatte. Mittwochs trafen sich oft die „Herren 60/65". Als ich äußerte, dass ich bald wieder Tennis spielen könnte, wurde das angezweifelt. „Doch,

doch, der Arzt hat mir gesagt, ich könne alles wie vorher machen, sobald die Entzündung behoben ist. Der Körper werde mir dabei die Leistungsgrenzen aufzeigen. Klar, ich werde nicht von Null auf Hundert durchstarten können, aber Angelika wird sicherlich ein Aufbautraining mit mir machen." „Angelika wird schon darauf aufpassen, dass Du nicht übertreibst."

Nach weiterem „Smalltalk" musste ich das Gespräch beenden, weil das Abendessen auf die Zimmer gebracht wurde. „Ach ja, in Krankenhäusern gibt es immer frühe Essenszeiten", stellten meine Besucher fest. „Es geht, um etwa 06:45 Uhr werden wir hier geweckt. Dabei werden Blutdruck und Pulsschlag gemessen sowie die Betten gemacht. Danach haben wir genügend Zeit zum Duschen und Zähneputzen. Frühstück gibt es gegen 08:00 Uhr, Mittagessen etwa um 12:00 Uhr, um circa 14:30 Uhr Kaffee und Kuchen und gegen 18:00 Uhr Abendessen." „Kaffee und Kuchen gibt es auch? Da musst Du ja aufpassen, dass Du hier nicht zunimmst." „Mit Angelika gehe ich außerdem noch Eis essen und das Mittagessen kann ich in einer Menükarte aussuchen." „Willst Du wirklich so schnell wie möglich wieder nach Hause?" „Ja, hier kann ich kein Tennis spielen."

Am Montag, dem 19.09.2016, gab es für mich drei zu notierende Ereignisse. Morgens wurde mir mal wieder Blut abgenommen – für neue Laborwerte. Mittags bei der Visite erhielt ich die Information, dass die 16 Blutkulturen bisher „ohne Befund" geblieben waren. Meine Sorge, nochmals jede Menge Blut für neue Kulturen spenden zu müssen, wurde aber beseitigt mit dem Hinweis: „Wir warten mal erst noch ab, einige bilden sich nach zwei bis drei Tagen, andere brauchen sieben Tage." Dann bekam unser Zimmer noch eine Visite - es erschien eine „gelbe Krankenschwester". So nannten sich Freiwillige, die Patienten besuchen, um über eventuelle Sorgen ein Gespräch zu führen. „Es gibt ja Patienten, die keinen Besuch erhalten, sei es, weil es keine Angehörigen gibt, sei es, weil man zu weit von zu Hause untergebracht ist, sei es, dass ein Partner, eine Partnerin be- oder verhindert ist und nicht kommen kann. Falls hier jemand irgendeine Sorge hat, bieten wir uns als Ansprechpartner an." Herr M. und ich fanden solches Engagement lobenswert. Herr M. meinte schmunzelnd: „Wir haben einen Gesprächsbedarf. Seit drei Tagen bitten wir die Krankenschwestern, uns mal Rotwein oder Sekt aufs Zimmer zu bringen, bisher leider erfolglos. Können Sie da etwas für uns tun?" „Ich kann das bei den Stationsschwestern nochmal thematisieren, aber ich befürchte, auch erfolglos zu bleiben." „Na, dann lassen Sie das mal, wir kümmern uns weiterhin selber darum."

Herr M. - er hatte natürlich auch täglich Besuch erhalten, mal von seiner Frau, mal von seinem Sohn - erhielt am Dienstag eine besondere Behandlung. Ihm wurde erklärt: „Ihr Herzschlag wird für eine Sekunde angehalten, dann erhalten Sie einen Elektroschock, der Ihren Herzrhythmus normalisieren soll." Er wurde, na klar, ausführlich über mögliche Nebenwirkungen unterrichtet und musste sein

Einverständnis schriftlich geben. Als er dann mit dem Bett aus dem Zimmer geschoben wurde, sagte er zu mir: „Wenn ich zurückkomme und Sie sind immer noch hier, werde ich beantragen, Sie nach Hause zu entlassen. Wenn ich aber nicht zurückkomme, dann sind die 5000 € in meiner Schublade nicht für Sie bestimmt, sondern für einen wohltätigen Zweck." Das war wohl „Galgenhumor". Ich erinnerte ihn: „Sie wollen doch 103 Jahre alt werden."

Mir wurde von Herrn Dr. X. bei der Visite am Mittag gesagt: „Bei Ihnen machen wir am Freitagnachmittag nochmal eine Herz-Ultraschall-Aufnahme. Verzichten Sie am Freitag also aufs Mittagessen." „Und bei gutem Befund kann ich dann am Samstag nach Hause?" Herr Dr. X. zitierte Franz Beckenbauer: „Schau 'n wir mal." Diese vage Hoffnung erfreute dann natürlich Angelika. „Na, das hört sich doch schon sehr positiv an." Allerdings mahnte sie sogleich: „Du drängelst aber nicht, verhalte Dich nicht nochmal so unvernünftig wie in Stralsund, auf ein paar Tage mehr oder weniger kommt es hier in Neuwied nicht an." Beim Spaziergang gingen wir dann in der City zu „unserer" Friseurmeisterin und vereinbarten für mich einen Termin am nächsten Nachmittag. Sie staunte, weil ich sonst fast immer „auf gut Glück ohne Termin" zu ihr kam. „Ich bin zurzeit im Krankenhaus und komme morgen von dort aus zum Haareschneiden." „Ach so."

Als ich abends „am Tropf hing", fühlte sich das am Arm irgendwie unangenehm an. Ich verspürte sogar einen leichten Schmerz. Nachdem die Flasche leer war und ich die Nachtschwester per „Klingeln" zum Entfernen des Schlauches holte, sprach ich sie auf meine Feststellung hin an. Sie schaute sich meinen Arm an und sagte: „Oh, da wird es ja schon dick. Die Nadel muss raus und morgen früh muss eine neue an einer anderen Stelle gesetzt werden. Seit wann haben Sie die Nadel hier an der Stelle denn schon?" „Seit letztem Mittwoch." „Dann wird es aber auch Zeit, dass die da raus kommt." Sie erledigte das sofort. „Oh, prima, jetzt kann ich den Arm diese Nacht ja völlig frei bewegen." „Hat Sie die Nadel denn bisher nachts gestört?" „Nein, ich habe immer prima geschlafen." „Na denn, weiter so, gute Nacht!" *Gleichfalls* kann ich Ihnen wohl nicht wünschen?" „Na, jede ruhige Nacht ist für mich eine gute Nacht." „Dann wünsche ich Ihnen eine ruhige Nacht." „Danke!"

Sie wurde jedoch noch einmal zu unserem Zimmer gerufen. Herr M. hatte „geklingelt". Er hatte Schmerzen an zwei Stellen im Rücken. „Da haben Sie Anschlüsse für den Elektroschock gehabt. Och, das sieht bei Ihnen aber gut aus; andere haben manchmal richtige Verbrennungen. Ich reibe Ihnen die beiden Stellen jetzt mit Salbe ein. Wie geht es Ihnen denn?" „Ich habe das Gefühl, dass das Herz ruhiger, gleichmäßiger schlägt."

Herr M. wurde am nächsten Morgen zu einer EKG-Untersuchung geschickt. Nachher hoffte er: „Wenn die jetzt einigermaßen in Ordnung gewesen ist, kann ich ja vielleicht heute nach Hause." Mir wurde von einer Ärztin eine neue Nadel gesetzt, dieses Mal im linken Arm. Bisher war der sichtbare Anschluss „grün" gewesen, jetzt erhielt ich „blau". Als eine Krankenschwester kam, um mich wieder „intravenös zu versorgen", fragte ich, ob es für die Farbgestaltung eine Erklärung gäbe. „Ja, die Nadeln sind unterschiedlich dick, grün ist die dickste Ausführung, blau die dünnste, dazwischen liegt noch rosa." „Und wann bekommt man welche?" „Das ist zum einen einfach davon abhängig, welcher Arzt, welche Ärztin die Nadel setzt, zum anderen hauptsächlich aber auch davon, wie dick die Vene an der ausgewählten Stelle ist." „Meine Hoffnung, dass der Wechsel von dicker zu dünner Nadel etwas mit fortgeschrittener Gesundheit zu tun hätte, war dann also falsch?" „Ja, damit hat das nichts zu tun." „Schade." „Geht es Ihnen denn schon besser?" „Nach eigener Einschätzung könnte ich nach Hause." „Na, Sie bekommen am Freitag doch zuerst nochmal den Herz-Ultraschall." „Vielleicht kann ich dann ja nach Hause." „Ich wünsche es Ihnen."

Herr M. wartete reichlich ungeduldig auf die Chefvisite. Ausgerechnet an diesem Tag kam Herr Dr. X. später als an den Tagen zuvor. Als die Zimmertür geöffnet wurde, trat nicht der Arzt herein, sondern ein Tenniskollege von mir. „Was machst Du denn für Sachen?" wurde ich begrüßt. Er war grob von Angelika darüber informiert worden. Nachdem ich ihm das Ganze nun detaillierter geschildert hatte, äußerte er: „Am Turnierwochenende, bevor Ihr losgefahren seid, hast Du auf mich schon einen etwas angeschlagenen Eindruck gemacht. Du warst wenig gesprächig und hast nach Deinen Platzpflegen reichlich geschwitzt." „Zum einen war es an den Tagen ja recht heiß und zum anderen hat man mich ziemlich alleine ackern lassen." „Du hast aber auch nicht um Hilfe gebeten." „Nee, das war mir zu blöde. Es wird noch eine Nachbesprechung geben; dann werde ich auf die Notwendigkeit mehrerer Helfer hinweisen. Für mich war es bekanntlich das letzte Mal. Angelika und ich haben dem Vorsitzenden und dem Turnierleiter vorher bereits mitgeteilt, dass wir nach zehn Jahren im ORGA-Team aufhören werden. Ohne mein Wässern und Abziehen der Plätze hätten sie bei dem Turnier jetzt reichlich gelitten. Meiner Ansicht nach muss man den Platzwart mehr in das Turnier einbinden, auch wenn das dann Geld kostet. Die Platzpflege während des Turniers ist aber wichtig." „Was machst Du denn nächstes Jahr während des Turniers?" „Na, selber mitspielen, dann kann ich bei Herren 70 melden." „Da spielen aber auch sehr gute Leute." „Ich weiß, aber mal gegen einen aus der deutschen Rangliste anzutreten, ist doch interessant." Wir unterhielten uns dann noch über seinen bevorstehenden Rentenbeginn. Ich fragte ihn: „Hast Du jetzt Resturlaub?" „Nein, im Gegenteil, die letzte Woche im September werde ich auf einer Messe voll im Einsatz sein." „Denk daran, Du hast einen Nachfolger." „Ja, auf der Messe finden letzte Übergabefeinheiten statt."

Kaum hatten wir uns verabschiedet, kam Herr Dr. X. ins Zimmer. Er hatte gute Nachrichten für Herrn M.: „Das EKG ist in Ordnung. Wir ändern aber die Medikamente für Sie noch ein wenig. Eins lassen wir weg, bei einem anderen erhöhen wir dafür die Dosis und die Schlaftablette brauchen Sie nicht mehr; trinken Sie abends ein Bier, das hilft auch." „Das heißt, dass ich nach Hause kann?" „Aus meiner Sicht ja, es sei denn, Sie möchten noch bei uns bleiben." „Nein, nein, nur statt des Bieres möchte ich ein Glas Rotwein trinken." Dr. X. lachte: „Ja, einverstanden." „Wir haben die Schwestern immer schon gebeten, uns eine Flasche Rotwein zu bringen; die haben uns den Gefallen einfach nicht getan. Ich habe aber noch eine Frage. Meine Frau und ich haben eine Flugreise nach Mallorca gebucht. Kann ich die Reise bedenkenlos antreten?" „Das würde ich an Ihrer Stelle nicht machen. Sie sollten jetzt mal erst einige Zeit beobachten, ob Ihr Herzrhythmus stabil bleibt. Falls Sie sich unwohl fühlen, melden Sie sich sofort wieder bei mir. Ich kann nicht ganz ausschließen, dass wir doch nochmal einen Elektroschock machen müssen." „Ich benötige aber keinen Herzschrittmacher?" „Das wäre nur die letztmögliche Behandlung. Zunächst gehen wir mal davon aus, dass Ihnen jetzt schon genug geholfen worden ist. Bei weiterem Bedarf können Sie eventuell mit anderen Medikamenten noch besser eingestellt werden. Und, wie gesagt, es kommt auch ein weiterer Elektroschock in Betracht. Machen Sie sich über einen Herzschrittmacher also mal erst gar keine Gedanken." „Kann ich eine Bescheinigung bekommen, dass ich die Reise nicht antreten soll?" „Ja klar, die gebe ich Ihnen." Herr Dr. X. telefonierte sofort mit seinem Sekretariat und gab eine Reiseunfähigkeitsbescheinigung für Herrn M. in Auftrag. „Die können Sie sich gleich abholen. Sie erhalten nachher noch ein Schreiben für Ihren Hausarzt, in dem die empfohlenen Medikamente stehen. Für heute und morgen bekommen Sie die von uns gestellt. Alles klar?" „Jetzt ja, danke!" „Na dann, alles Gute!"

Dr. X. wandte sich an mich: „Wenn Herr M. nun nach Hause geht, wird es für Sie hier wohl langweilig. Na, vielleicht finden wir einen Patienten, der ähnlich gut zu Ihnen passt." Er fragte seinen Assistenzarzt, ob es neue Erkenntnisse bei den Blutkulturen gäbe. „Leider nein." „Dann können wir nichts zur Ursache Ihrer Entzündung sagen. Da die Schwellungen und roten Stellen aber alle schon weg sind, spricht weiterhin alles dafür, dass es eine recht harmlose Art ist." „Gibt es einen Erfahrungswert, wie es zu solch einer Entzündung kommt?" „Im Regelfall durch den Mund. Haben Sie letztens eine Zahnentzündung gehabt?" „Nein." „Schmerzen im Kiefer?" „Nein." „Dann bin ich im Moment ratlos, was die Ursache anbelangt. Wichtiger ist, dass wir die Entzündung weg bekommen."

Als Herr Dr. X. das Zimmer verlassen hatte, rief Herr M. natürlich sofort seine Frau an und fing an, seine Sachen zu packen. In dem Moment kam ein Nachbar von ihm zu Besuch: „Sehe ich das richtig, Du packst?" „Ja, eigentlich wollte ich hier weg sein, bevor Du auftauchst." „Und wie geht es Dir sonst so?" „Schlecht – der Bettnachbar ärgert mich ständig, die Krankenschwestern bringen uns keinen Rotwein, das Essen schmeckt nicht und der Arzt hat keine Ahnung." „Genauso habe ich mir das mit Dir vorgestellt, deshalb wollte ich Dich mal zurechtstutzen, wie Du das manchmal brauchst. Aber ich stelle fest, wer so meckert, kann nicht sehr krank gewesen sein." Lachend umarmten sie sich. Der Besucher fragte mich: „Wie haben Sie es denn mit ihm ausgehalten?" „Ich habe beantragt, dass er heute nach Hause kann, damit ich ihn loswerde", sagte ich schmunzelnd. „Ah, Ihr zwei habt Euch prima verstanden. Haben Sie ihm genügend Kontra gegeben?" „Das konnte ich ja nicht, er war mal Oberstleutnant, ich nur Fähnrich." Herr M. stellte dann klar, dass Arzt, Krankenschwestern, Essen und Bettnachbar prima waren. „Er hat immer darauf aufgepasst, dass ich meine Medikamente pünktlich nahm, ich habe ihn immer daran erinnert, dass er zwei Liter Wasser am Tag trinken soll. Außerdem habe ich ihm die Fernbedienung für den Fernseher überlassen. Wir haben uns zwar immer geeinigt, welche Sendungen wir sehen wollten, aber er hat zusätzlich dauernd mit dem Videotext rumgespielt. Allerdings muss man hier vorsichtig sein, was man sagt, er schreibt dauernd irgendwelche Notizen in ein Heft." Das stimmte, denn ich nutzte freie Zeiten schon zum Formulieren dieses Buchtextes. Der Besucher fragte Herrn M.: „Soll ich Dich jetzt nach Hause fahren?" „Meine Frau kommt und bringt den Hund mit." „Kann ich denn noch irgendetwas für Dich tun?" „Ja, nach Hause fahren und bei mir den Rasen mähen." Der Nachbar tippte mit dem Zeigefinger an seine Stirn und verabschiedete sich: „Wir sehen uns beim gemeinsamen Rasenmähen." „Ach, willst Du mir doch helfen?" „Nee, ich mähe bei mir, Du bei Dir."

Es dauerte noch, bis die „Papiere für den Hausarzt" fertig waren. Inzwischen erhielt ich schon meine mittägliche Tropfversorgung und Angelika kam. Wir verabschiedeten uns von Herrn M. und wünschten ihm alles Gute. Er sagte: „Dann hoffen wir doch mal im gegenseitigen Interesse, dass wir uns hier nicht wiedersehen." In dem Moment klingelte sein Smartphone; seine Frau und sein Hund standen abholbereit auf dem Parkplatz.

Angelika und ich gingen zur Friseurmeisterin. Natürlich erzählte ich ihr während des Haareschneidens ein wenig über den Verlauf meiner Krankheit. Wie üblich dauerte das Haareschneiden bei mir weniger als fünfzehn Minuten. „Na, jetzt sehe ich doch schon wieder besser aus", stellte ich fest. Etwa dreißig Spaziergangminuten schlossen sich an. Dabei genossen Angelika und ich noch „zwei Ballen Eis im Becher".

Als ich ins Krankenzimmer kam, war das zweite Bett, das von Herrn M., entfernt worden. So alleine im Raum las ich im Anekdotenbuch und amüsierte mich, z.B. über eine Geschichte von Hans Joachim Kulenkampff: *„Besonders gern denke ich an das Schlittschuhlaufen in meiner norddeutschen Heimat zurück... Das Schönste daran war, dass man nicht alleine lief. Wir 15- bis 16jährigen Pennäler hatten natürlich alle unsere Eisprinzessin. Man lief nur zu zweit. Sie vorneweg, der Kavalier im Gleichschritt dahinter, die Hände leicht auf ihren Hüften gestützt... Nun gab es dort ein Mädchen, das erstens selber hervorragend Schlittschuh lief und zweitens* *bildhübsch war. Sie hieß Anneliese... Es war ein Bild zum Verlieben. Und das tat ich dann auch. Aber Anneliese lief mit keinem. Auf Befragen sagte sie immer: Danke, ich laufe lieber allein. Jeder bekam einen Korb. Außer mir - denn ich habe sie gar nicht erst gefragt ..."*

Gelacht habe ich auch über folgende Anekdote: „*Der Chirurg Ferdinand Sauerbruch war mit Kurt Schumacher befreundet. Kurz nach dessen Tod kam Sauerbruch in der Familie auf den Verstorbenen zu sprechen. Plötzlich fragte der kleine Sohn Hans den Papa: Hascht Du ihn operiert?*" Insgesamt las ich, verteilt über mehrere Tage, 360 Seiten solcher Anekdoten. Da hatte meine Frau doch genau das richtige Buch für einen Krankenhausaufenthalt ausgesucht. Dafür ließ ich die von ihr auch mitgebrachten Kreuzworträtsel liegen; die konnte ich später zu Hause lösen.

Eine Krankenschwester kam und kündigte mir an: „Sie bekommen gleich noch einen neuen Bettnachbarn. Der passt zu Ihnen." Er stellte sich kurze Zeit später als Herr O. aus H. vor, war 76 Jahre alt und kam „zur Kontrolle" auf die Station. Er hatte einen Herzschrittmacher erhalten. Nach der Operation hatte sich eine Entzündung gebildet und er war als Notfall zur Uni-Klinik nach Bonn gebracht worden. Von dort kam er zurück, um hier im Krankenhaus noch ein paar Tage beobachtet zu werden.

Beim Abendessen erzählte er mir, dass er im August „Goldene Hochzeit" gefeiert hatte und in H. mit seiner Frau in einem 425 Jahre alten Haus direkt am Rhein wohnte. „Bei Hochwasser haben wir natürlich Probleme. Beim letzten Jahrhunderthochwasser stand das Wasser in der ersten Etage. Im Keller und in der ersten Etage haben wir alles gefliest, aber Ausräumen und Saubermachen sind schon mühsam, besonders mit zunehmenden Alter. Wenn der Pegelstand 8,80 Meter überschreitet, müssen wir ausräumen." Ich erzählte ihm von zwei Erlebnissen mit Maklern, als wir 1995 nach Neuwied zogen: „Einmal rief ein Makler an und beschrieb uns ein Haus in höchsten Tönen. Da der Preis aber nicht zu der Beschreibung passte, dafür nämlich auffallend niedrig war, fragte ich, welcher Haken denn bei dem Angebot wäre. Bei Hochwasser haben Sie den Keller voll Wasser, aber daran kann man sich gewöhnen, meinte der Makler. Wir verzichteten auf das Angebot. Bei einem anderen Angebot wies ein Makler besonders darauf hin, dass das Haus eine weiße Wanne hätte. Wir verstanden nicht, was denn daran Besonderes sein sollte, dachten an die Ausstattung des Badezimmers. Wir lernten erst hier in der Gegend, dass es Wannen zum Schutz eines Hauses vor Grundwasser gibt."

Mit Herrn O. ließ sich locker plaudern. Er hatte mal eine Gärtnerei betrieben und pflegte jetzt noch etliche Gräber, sogar, wie sich ergab, von Verstorbenen, die ich kannte. Im Vergleich zu Herrn M., der kritisch, ironisch und zu Scherzen aufgelegt war, wirkte er ruhiger, irgendwie „normaler". Die Einschätzung der Krankenschwester, wir würden auch gut zusammenpassen, bewahrheitete sich.

Am Donnerstag, dem 22.09., wurde mir erneut „Blut für Laborwerte" entnommen. Wie immer schaute ich dabei zur anderen Seite weg. Die Ärztin, die es dieses Mal machte, war offensichtlich sehr geübt, denn ich spürte den „Pieck" kaum. Anschließend erzählte sie mir: „Sie werden lachen, ich mache das ja nun wahrlich oft, aber wenn mal bei mir Blut abgenommen wird, kann ich auch nicht hinsehen."

Die Chefvisite fand dann bereits vor dem Mittagessen statt. Herr Dr. X. sagte mir: „Ihre Blutwerte sind alle in Ordnung. Verzichten Sie aufs Mittagessen, wir ziehen Ihre Herzuntersuchung auf heute Nachmittag vor." Na, das hörte sich doch gut an! Ich informierte Angelika, dass der Spaziergang am Nachmittag ausfiel. Das passte insofern, weil sich an dem Donnerstag „Damen 55/60" auf dem Tennisplatz trafen; Angelika konnte also getrost dorthin fahren. Bei der Herz-Ultraschall-Untersuchung lief alles wie beim ersten Mal ab. Zunächst musste ich wieder mein Einverständnis schriftlich dokumentieren. Ich ersparte dem Stationsarzt dabei die Belehrung über die möglichen Nebenwirkungen. Er notierte: „Noch bekannt". Im Behandlungsraum agierte dieselbe Assistentin, die mich „verkabelte" und in die richtige linke Seitenlage brachte. Herr Dr. X. sprühte mir das Betäubungsmittel für den Rachen in den Mund und fragte: „Sie wollen wieder schlafen?" „Ja." Als ich irgendwann wach wurde, hörte ich die Assistentin am Telefon sagen: „Ihr könnt Herrn Duhme abholen."

Am Abend wurde ich überrascht - Angelika kam gegen 20:00 Uhr zu Besuch. Wir gingen ins „Gästezimmer". Angelika staunte: „Das ist ja eine tolle Ausstattung hier." Sie erzählte mir, wer wie mit wem Tennis gespielt hatte. Dann fragte sie: „Und was ist nun mit Dir?" „Ich habe noch kein Ergebnis der Untersuchung, aber die Hoffnung, dass ich morgen nach Hause darf." „Das wäre zwar sehr schön, ich habe Dir jedoch schon einmal gesagt, Du sollst nicht drängeln." „Mit und ohne drängeln wird es wohl ausschließlich vom heutigen Befund abhängen." „Wie fühlst Du Dich denn?" „Fit genug für zu Hause." „Ich habe dafür heute auch schon etwas vorgesorgt." „Wie denn?" „Ich habe heute Morgen den Rasen gemäht." „Du hast heute Rasen gemäht und Tennis gespielt!?" „Ich musste doch verhindern, dass Du Dich aufs Rasenmähen stürzt, sobald Du zu Hause bist." „Der Doc hat aber gesagt, ich darf alles machen, wenn die Entzündung weg ist." „Ja, ja, ich passe jedoch auf, dass Du es dabei nicht übertreibst." „Wann spielst Du mit mir Tennis?" „Mitte Oktober." „Nö, nö, dann muss ich schon fürs Herrendoppel wieder fit sein." „Und wenn Du noch vierzehn Tage hier bleiben musst?" „Ja, dann spielen wir zwei Mitte Oktober Tennis." Wir unterhielten uns etwa eine Stunde über „dies und das", mussten den Besuch abrupt beenden, weil ich sah, dass die Nachtschwester meinen „Antibiotika-Nachttrunk" zum Zimmer brachte. Ich sagte Angelika: „Die ist nett, die ist immer gut drauf, hat immer gute Laune, zumindest bei uns im Zimmer."

Gegen 04:00 Uhr klingelte ich, um sie noch einmal zu mir ans Bett zu holen. „Der Arm fängt dort, wo die Nadel sitzt, an zu schmerzen." Die Nachtschwester machte Licht an, sah sich den Arm an und bestätigte: „Die Nadel muss raus, Sie haben da eine Schwellung." Im Laufe des Vormittages wunderte ich mich zunächst, dass mir keine neue Nadel verpasst wurde. Beim Mittagessen sagte ich zu Herrn O.: „Ich glaube, meine Chancen steigen, dass ich nach Hause darf, sonst hätten die mich doch wieder an den Tropf gelegt." Er war morgens zu einer EKG-Untersuchung gewesen und hoffte nun selber auch auf seine Entlassung nach Hause. Beide warteten wir somit auf die Chefvisite. Hatte sie am Vortag vor dem Mittagessen stattgefunden, so mussten wir uns heute nach dem Essen noch längere Zeit gedulden. Ich sagte: „Wenn er kommt, können wir ihn ja fragen, ob die Golfrunde gut gewesen ist." „Nein, der spielt kein Golf, der ist Jäger. In seinem Büro liegt jede Menge Jagd-Literatur." „Na, auf der Jagd wird er heute Morgen wohl nicht gewesen sein." „Ich meine zu wissen, dass er manchmal auch Patienten in einer anderen Klinik betreut; vielleicht ist er da heute im Einsatz." „Oder aber es hat heute hier mehrere Notfälle gegeben. Sollen wir einfach schon mal unsere Sachen packen?" „Nein, der Frust wäre zu groß, wenn wir nachher wieder auspacken müssten." Ich rief Angelika an und berichtete, dass sich das Abholen oder der Spaziergang verzögerten. „Ich rufe Dich wieder an, sobald ich etwas weiß." „Ich bin zu Hause und warte geduldig."

Herrn O.. und mir wurden Kaffee und Kuchen gebracht. Dabei erfuhren wir: „Der Chef hat jetzt mit der Visite begonnen." Wir waren gerade mit dem Essen fertig, als Herr Dr. X. zu uns kam: „Na, das passt doch, da sind Sie von uns nochmal gut versorgt worden. Morgen müssen das Ihre Frauen wieder übernehmen." Herrn O. bestätigte er, dass das EKG in Ordnung war. Er besprach dann mit ihm die Medikamente, die weiterhin einzunehmen wären. Zu mir sagte er: „Auf der Herzklappe ist nur noch ein kleiner Entzündungspunkt zu sehen. Den bekommen wir mit Antibiotika-Tabletten weg. Fürs Wochenende bekommen Sie welche von uns mit nach Hause, dann lassen Sie sich die vom Hausarzt so verschreiben, dass Sie fünf Wochen morgens und abends eine nehmen können. Am 06.10. kommen Sie um 08:00 Uhr nüchtern zu mir; wir machen sicherheitshalber noch eine Herz-Ultraschall-Aufnahme." „Sie sagten neulich, ich könnte alles wie vorher machen, wenn ich zu Hause bin. Bleibt es dabei?" „Ja, ja, Ihr Körper und Ihre Frau werden schon genügend auf Sie aufpassen. Meine Herren, ich wünsche Ihnen ein schönes Wochenende."

Ich rief Angelika an, die sich natürlich sehr über die „Nach-Hause-Kommen-Botschaft" freute. Ich empfahl: „Lass Dir Zeit mit dem Abholen, Du weißt ja, es dauert immer noch, bis der Bericht für den Hausarzt fertig ist." „Ich komme in etwa einer Stunde." Ich fing an, meine Sachen zu packen. Nachdem das erledigt war, schrieb ich ein paar „Danke-Zeilen" für die Krankenschwestern und

Helferinnen. Angelika brachte dafür einen Briefumschlag und einen Geldschein mit. Als eine Krankenschwester kam und den Bericht für mich brachte, erhielt sie von mir im Gegenzug den Umschlag. Ich sagte ihr: „Austausch geheimer Papiere." Sie freute und bedankte sich. Dann äußerte sie: „Jetzt haben wir hier längere Zeit ein Zimmer mit immer guter Laune gehabt. Es war, im Unterschied zu anderen Zimmern, angenehm hierher zu kommen." Ich entgegnete: „Obwohl Herr M. so oft nach Rotwein gefragt hat?" „Wir wussten ja, wie es gemeint war." „Kann man Ihnen denn auch ein schönes Wochenende wünschen?" „Ja, dieses Wochenende habe ich frei!" „Ich sage jetzt aber nicht *Auf Wiedersehen.*" „Ja, das verstehe ich gut." Inzwischen war auch Frau O. eingetroffen. Der Bericht für ihn war jedoch noch nicht fertig. Wir wünschten uns alle gegenseitig alles Gute.

Zu Hause, nach einer freudigen Umarmung, wollte Angelika den Ton angeben: „Du setzt Dich jetzt aufs Sofa und ruhst Dich aus!" Ich widersprach aber: „Der Doc hat gesagt, ich soll mich bewegen, damit ich keine Thrombose bekomme." „Okay, wir können gleich noch einen kleinen Spaziergang ums Eck machen, heute sind wir bisher ja nicht spazieren gewesen." Ich ging raus auf die Terrasse und lobte meine Frau dann für das Rasenmähen. Zugleich stellte ich fest, dass an einigen Büschen Schneidearbeiten auf mich warteten. Mehrere braune Flecken im Rasen bedurften ebenfalls bald einer Behandlung. „Das hat alles Zeit", sagte Angelika vorsorglich. „Wenn Du weiterhin im

Krankenhaus geblieben wärest, müsste das alles auch noch länger auf Dich warten."

An den nächsten Tagen passte Angelika auf, dass ich es „langsam angehen" ließ. Ich verbrachte einige Zeit am PC, löschte etliche Spam-Mails und brachte mehrere Mails selber auf den Weg. Dazu gehörten u.a. „Dank- und Info-Mails" an das Hotel in Stralsund und den Arzt, dem ich dort als Notfall Sorgen bereitet hatte. Bei der Ärztin, die mir Antibiotika verschrieben hatte, bedankte ich mich mit einem Brief. Außerdem schrieb ich fleißig diesen Text. Das ging recht zügig, weil ich ihn zum Teil schon im Krankenhaus formuliert hatte. Angelika machte dann beim Korrekturlesen Verbesserungsvorschläge. Ich befand die meisten davon als sinnvoll, überarbeitete entsprechend die Textstellen. Mitte Oktober nahm ich Kontakt zum Verlag auf.

Am Sonntag, dem 25.09., machten Angelika und ich einen Spaziergang zur Tennisanlage, so dass ich dort schon mal einen sehnsüchtigen Blick auf die Plätze werfen konnte. Mittwochs überredete ich meine Frau, mit mir Tennis zu spielen. Ich stand wieder auf der roten Asche! Das war dieses Mal allerdings wörtlich zu nehmen; ich traute mich nicht zu laufen. Angelika spiele mir etwa 45 Minuten geduldig Bälle zu. Als wir aufhörten, kamen einige der Herren 60/65; sie freuten sich, mich in Tenniskleidung zu sehen. Als ich sagte: „Nächste Woche spiele ich wieder bei Euch mit", stellte Angelika das in Frage. Allerdings war sie am Freitag bereit, eine Stunde mit mir zu spielen.

Ich lief dabei zu etwa 50 % der Bälle. Am Montag (03.10., Feiertag, Regenwetter) spielten wir 1 ½ Stunden in der Halle und ich steigerte mein Laufpensum auf circa 65 %. Bei einem Herrendoppel zwei Tage später, von dem ich mich nicht abhalten ließ, schätzte ich meine Leistung auf 75 % ein.

Donnerstag, 06.10.2016, fand die Nachuntersuchung statt. Ich kannte den Ablauf ja schon: Oberkörper frei machen, „verkabelt" werden, auf die linke Seite legen, auf den Arzt warten. Die Assistentin fragte: „Sie möchten bei der Untersuchung wieder schlafen?" „Ja, ich denke, das ist für Herrn Dr. X. und für mich am angenehmsten." „Dann muss er Ihnen zunächst noch einen Anschluss legen und ich lasse Sie nachher zur Beobachtung auf ein Zimmer bringen." „Ach, ich dachte, ich könnte sofort anschließend nach Hause. Meine Frau ist extra mitgekommen, um mich zu fahren." „Das müssen Sie mit dem Doktor besprechen." „Und wenn ich während Untersuchung nicht schlafe?" „Dann können Sie sofort nach Hause." „Ja, meine Frau und ich möchten gerne noch das Frühstück nachholen." „Na, damit sollten Sie aber warten, bis die Betäubung des Rachens verschwunden ist." Als Dr. X. kam, informierte ich ihn: „Ich habe umdisponiert, ich versuche es mal ohne zu schlafen." Er nickte; es stellte für ihn offensichtlich kein Problem dar. Ich hatte dann allerdings das Gefühl, dass er die Betäubung des Rachens intensivierte; statt, wie bisher, einmal sprühte er mir dieses Mal zweimal etwas in den Mund. Das sich rasch steigernde Taubheitsgefühl im

Rachen nahm ich zum ersten Mal so richtig wahr; bei den zwei vorherigen Untersuchungen war ich wohl zuvor schon eingeschlafen.

Als Dr. X mir den Schlauch durch den Mund schob, zuckte ich kurz zusammen. Es tat im Hals ein wenig weh und erzeugte ein Würgempfinden. Dr. X. sagte beruhigend: „Ja, das ist einen Moment unangenehm, aber das war es auch schon, ich bin mit dem Schlauch bereits an Ihrem Herzen angelangt. Beißen Sie mit den Zähnen auf die Halterung in Ihrem Mund, lassen eventuellen Speichel aus dem Mund laufen und atmen Sie durch die Nase." Ich befolgte diese Anweisungen und versuchte, mich zu entspannen. Das gelang mir zunächst nicht ganz. Ich schloss die Augen und hörte Herrn Dr. X. mit ruhiger Stimme wiederholt sagen: „Aufnahme!" Er drehte, so meinte ich jedenfalls zu spüren, den Schlauch dabei in verschiedene Richtungen. Als ich schließlich doch locker wurde, zog er ihn schon zurück. „So, das war es. Es sieht gut aus! Ich schicke Sie jetzt noch zur Blutabnahme." „Soll ich nächste Woche anrufen?" „Nein, Sie bekommen alles schriftlich nach Hause." „Und ich kann mich nun wieder voll belasten?" „Ich habe nichts dagegen. Nehmen Sie aber die verordneten Antibiotika noch zu Ende."

Von seiner Sekretärin bekam ich zwei Zettel für die Laboruntersuchung und eine Wegebeschreibung: „Gehen Sie den Flur rechts bis zum Ende, die Treppe hoch bis zur ersten Etage, dort stehen Sie dann direkt vor dem Labor." Angelika und ich marschierten los. Sie jubelte über den

Befund „Alles in Ordnung." Im Vorraum des Labors waren wir die einzigen, die dort auf Einlass warteten. Es dauerte auch nicht lange, bis ich hereingerufen wurde. Es lief das mir bekannte Procedere ab: am Oberarm wurde „abgebunden", ich sollte eine Faust machen und sie nach dem „Pieken" wieder lösen. Als es hieß: „So, das war es schon", hatte ich auch diese Blutabnahme wieder tapfer überstanden.

„Und was machen wir jetzt?" fragte Angelika. Ich spürte, dass die Betäubung des Rachens bereits nachließ. „Wir gehen in die City und frühstücken dort ausgiebig und in aller Ruhe bei einem Bäcker." Wir wählten das Angebot „Vitalfrühstück", zu dem u.a. eine Obstschale und ein Glas mit frisch gepresstem Orangensaft gehörten. Das war doch ein passender Abschluss meines Gesundheitsabenteuers - ich fing an, wieder vital zu werden.

Beim *tredition® - Verlag* gibt es von Eckhard Duhme

„Mir passiert so etwas doch nicht" – Band I
Urlaubslektüre, 104 Seiten, 8,00 €
Erzählt werden „Erlebnisse zum Schmunzeln" während einer Urlaubsreise 2011 nach Portugal. Dabei erhält man zugleich touristische Informationen über Sehenswertes und Nichtsehenswertes in Lissabon, Cascais, Estoril, Sintra und Mafra, besser als in manchen Reiseführern.

„Mir passiert so etwas doch nicht" – Band II
Urlaubslektüre, 100 Seiten, 9,80 €
Beim Schmunzeln über Erlebnisse einer Urlaubsreise 2012 zur Costa Blanca in Spanien erfahren Sie, ob sich denn ein Besuch in Valencia, Alicante, Benidorm, Altea, Jávea, Castell de Castells, Guadelest oder Calp lohnt.

„Mir passiert so etwas doch nicht" – Band III
Urlaubslektüre, 104 Seiten, 9,80 €
2013 geht die Urlaubsreise nach Spanien an die Costa del Sol. Málaga, Marbella, Fuengirola, Torremolinos, Cártama, Mijas und Mijas Costa werden besucht. Bei manchen Erlebnissen ist man sicherlich froh, dass man davon selber nicht betroffen gewesen ist.

„Augen zu und durch"
Renovierungslektüre, 120 Seiten, 9,80 €
Bei Renovierungen passiert doch immer irgendetwas Unvorhergesehenes. Termine verzögern sich, es wird teurer als geplant, es kommt „was dazwischen", es gibt neue Wünsche. Hier ist mal aufgeschrieben worden, was man dabei so alles erleben kann.

„Mein Gott!! Es ist doch nur ein Spiel!!"
Tennisgeschichten, 144 Seiten, 10,00 €
Wer selber Tennis spielt, wird an manchen Stellen meinen: „Ähnlich ist es mir in einem Match auch passiert." Wenn man sich dabei eventuell geärgert oder aufgeregt hat, kann man im Nachhinein meistens darüber lachen oder zumindest lächeln.

„Wenn jemand eine Reise tut, so kann er was verzählen"
Urlaubslektüre, 112 Seiten, 11,50 €
Der Autor berichtet über Erlebnisse bei einer Reise nach Sardinien im Jahr 2016. Man erfährt Interessantes über Städte, Regionen, Sehenswürdigkeiten und einiges über „Pleiten, Pech und Pannen". Wie auch beim Lesen seiner anderen Reisebücher denkt man an manchen Stellen schmunzelnd: „Gut, dass mir so etwas nicht passiert ist."

„Björn"
Roman , 678 Seiten, 35,00 €
Geschildert wird, wie das Leben eines Jugendlichen in den sechziger Jahren des zwanzigsten Jahrhunderts gewesen ist, einer Zeit, in der es weder PC noch Handy, SMS, i-Phone oder Play-Station, nicht einmal schnurlose Telefone gegeben hat. Interessant ist das Leben in der Zeit trotzdem gewesen – oder gerade deshalb?

Eckhard Duhme ist 1947 im westfälischen Hagen geboren und dort aufgewachsen. Nach dem Abitur ist er von 1966 bis 1968 in Hamburg und Schleswig - Holstein bei der Bundeswehr gewesen. Danach hat er 4 Jahre in Münster Jura studiert. Nach 2 ½ Jahren Referendarzeit hat er 1975 das 2. juristische Staatsexamen bestanden. Dann hat er 35 Jahre in einem Chemiekonzern in leitenden Funktionen gearbeitet.

Im Berufsleben hat er unzählige Texte verfasst. Oft ist ihm lobend gesagt worden: „Sie könnten auch Schriftsteller sein." Das ist er seit 2010 als Rentner. Schreiben ist für ihn ein unterhaltsames und spannendes Hobby: „Wenn meine Texte auch anderen Menschen Freude bereiten, ist die aufgewendete Zeit sinnvoll gewesen."